DIETER RUTKOWSKI

SCHATTEN
ÜBER DEM
JONASTAL

- EIN ROMAN -

VERLAG ROCKSTUHL

Impressum

Umschlaggestaltung: Harald Rockstuhl, Bad Langensalza

Titelbild: Dieter Rutkowski, Bremerhaven

1. Auflage 2011
ISBN 978-3-86777-403-1

Innenlayout: Harald Rockstuhl, Bad Langensalza

Lektorat: Christiane Lober, Halle (Saale)

Druck und Bindearbeit: Digital Print Group Oliver Schimek GmbH, Nürnberg/Mittelfranken

Gedruckt auf alterungsbeständigem Papier nach ISO 9706

Die Deutsche Nationalbibliothek verzeichnet diese Publikation in der Deutschen Nationalbibliografie. Detaillierte bibliografische Daten sind im Internet über *http://dnb.d-nb.de* abrufbar.

 **Verlag Rockstuhl**
www.verlag-rockstuhl.de

Inhaber: Harald Rockstuhl
Mitglied des Börsenvereins des Deutschen Buchhandels e.V.
Lange Brüdergasse 12 in D-99947 Bad Langensalza/Thüringen
Telefon: 03603 / 81 22 46   Telefax: 03603 / 81 22 47
www.literaturversand.de

Inhaltsverzeichnis:

Schatten über dem Jonastal

Kurz vor Ende des Zweiten Weltkrieges veranlasste die Führung des sogenannten Dritten Reiches den Bau einer Befestigungsanlage im Jonastal, das von Crawinkel nach Arnstadt im schönen Thüringer Wald verläuft. Der Bau, errichtet in Muschelkalkfelsen, besteht aus einem riesigen unterirdischen Geflecht aus Gängen, Stollen und Gewölben mitsamt Führerbunker und moderner Nachrichtenzentrale. Dieses neue Führerhauptquartier kam jedoch nie zum Einsatz.

Nach dem Zusammenbruch im Jahre 1945 wurde die Anlage von den Alliierten teilweise durchsucht und hermetisch abgeriegelt; alle wichtigen Untersuchungsdokumente werden bis heute unter Verschluss gehalten. Seitdem sprießen die Gerüchte um die Geheimnisse, die das Jonastal bergen soll. Hier spielt die Geschichte dieses Romans.

Ein ganz normaler Kuraufenthalt wird für Ralf Wendler, Gymnasiallehrer aus Witten, Professor Leistner von der Otto-von-Guerike-Universität und den Jugendlichen Atze aus Berlin allmählich zum Albtraum, als das Ehepaar Bob und Rosalind Miller mit ihrem Sohn Bill aus Huntsville in Alabama dazukommen und ein großes Geheimnis mitbringen.

Die beiden Jugendlichen Atze und Bill, die sich auf eine abenteuerliche Suche nach einem versteckten Gemälde in den geheimnisvollen Stollengängen der Wehrmacht begeben, das Bobs Vater als amerikanischer Soldat nach Kriegsende hier versteckt hat, haben manche Abenteuer zu bewältigen und ziehen alle anderen mit hinein.

Erklärung:

Die Handlungen und Namen sind meistens frei erfunden. Ähnlichkeiten mit noch lebenden Personen wären rein zufällig. Auch will dieser Roman keine Geschichtsschreibung sein und erhebt nicht den Anspruch, Details oder Fakten korrekt wiederzugeben.

1. Die Anreise

Der schmächtige blonde Junge, der sich seit einiger Zeit auffallend in seiner Nähe aufhält, schaut Ralf fragend an. Er wirkt sympathisch in seinen viel zu weiten, hellgrauen Bermudashorts, dem überdimensionalen blauen T-Shirt und mit den bis zu den Ellenbogen in seinen Hosentaschen vergrabenen Händen. An den Handgelenken hängen bunte Freundschaftsbänder, die ihn an Wolfgang Petry in seiner Glanzzeit erinnern. Es ist Ralf neu, dass das offenbar bei den Jugendlichen noch modern sein soll. Ein interessanter Typ. Das Gesicht des Jungen verzieht sich langsam zu einem frechen Grinsen.

„Na?"

„Na, und du?"

Zugegeben: Ralfs Antwort ist nicht gerade geistreich. Von einem reifen und erfahrenen Mann – Anfang vierzig, Gymnasiallehrer, verheiratet, Vater zweier dreizehnjähriger Söhne – kann man mehr erwarten.

Der Junge schmunzelt noch mehr und setzt damit ein kleines Grübchen auf der linken Wangenseite frei. Ralf findet dies lustig und verzieht auch sein Gesicht zu einem leichten Lächeln. Mit einer lässigen Bewegung schiebt der Junge sein halblanges blondes Haar zu Seite, das ihm verwegen in die Stirn gefallen war.

„Auch neu hier?"

Eine unüberlegte Frage. So etwas mag Ralf nicht. Viele Fragen werden unnötig gestellt, weil man sie sich selber beantworten kann. Sie sind alle neu hier. Heute ist Anreisetag für die Patienten im kleinen, privat geführten Kurhaus für vorbeugende Heilkunde, das einen kurzen Spaziergang südwestlich von Arnstadt entfernt liegt, inmitten des Thüringer Waldes. Es hat sich bereits seit der Wende einen guten Namen gemacht. Selbst im Ausland kennt man diese Einrichtung. Anspruchsvolle Therapiekurse werden dort mit großem Erfolg angeboten. Kein laufender Wechsel bei den Kurgästen.

Sie sind alle erst angereist – abgesehen vom Personal, das in weißen Anzügen und Kitteln wie ein Haufen Ameisen unruhig umherläuft. Man wird durch die Berufsuniform und die Hektik daran erinnert, dass man zur Kur in einem Sanatorium ist und nicht als Urlauber in einer der schönsten Gegenden unseres Landes, im Mittelpunkt Deutschlands sozusagen. Mag sein, dass die Kleidung Respekt einflößen soll. Mag sein, aber so etwas wirkt bei Ralf nicht. Er ist als Privatpatient hier wie die meisten Leute. Da erwartet man Qualität.

„Warum bin ich nur so gereizt?"

Gut, dass er diese Frage nur sich selbst gestellt hat.

Diese Einrichtung ist sehr gefragt. Es dauert eine Zeit, bis man überhaupt einen freien Platz bekommt – anders als in den Kliniken, in denen sich die Barmer-Ersatzkasse-Patienten aufhalten wie ganz in der Nähe in Friedrichroda oder in Tambach-Dietharz. Wer hier ist, der kann es sich privat auch leisten – außer Ralf vielleicht, die Kosten für seinen Aufenthalt in diesem Haus würden sein Budget vollkommen übersteigen.

„Woher bist du?"

Es ist dreist, dass der Junge ihn mit Du anspricht. Er könnte schließlich sein Vater sein. Vielleicht hat er ihn mit seiner Frage vorhin aber auch provoziert. Zumindest hat Ralf den Jungen auch geduzt, was ihm in diesem Moment einfällt.

Während er überlegt, ob es ihm sagen soll, kommt ein älterer Herr im dunkelgrauen Anzug, in Hemd und Krawatte, einer auffallend dicken und rahmenlosen Brille, zu ihnen an das Eisengeländer, was sie vor dem Sturz in den tiefen Abgrund bewahren soll.

„Na, meine Herren, so tief in Gedanken versunken?"

Seine Stimme klingt tief und verbirgt ein leichtes Zittern. Man kann deutlich dem Gesichtsausdruck entnehmen, dass er den Jungen an Ralfs Seite nicht für voll nimmt. Er ist genau der Typ von Mensch, der gewohnt ist, ständig und überall im Mittelpunkt zu stehen. Auch jetzt sucht er offensichtlich sein Publikum.

„Es ist wunderschön hier, nicht wahr?"

Er nimmt überhaupt keine Rücksicht darauf, dass Ralf sich gerade mit dem Jungen unterhält. Schade, denn Ralf hätte lieber das vorangegangene Gespräch fortgesetzt, auch wenn es noch gar nicht richtig begonnen hat. Er hätte gern erfahren, warum er, noch keine 20 Jahre alt, hierher zur Kur muss, was er sonst macht, ob er noch zur Schule geht. Stattdessen hat er einen geschwätzigen alten Mann an seiner Seite, der offensichtlich im Mittelpunkt stehen will und auf seine überflüssige Frage immer noch eine Reaktion von Ralf erwartet.

Der Junge hat sich abgewandt. Er schaut gelangweilt in das Tal hinunter, das sich endlos unter ihnen ausbreitet.
Der Thüringer Wald ist sehr schön. Die Gegend gefällt auch Ralf sehr gut. Er betrachtet die unterschiedlichen Baumbestände und malerischen Lichtungen. Dort zeichnen sich Kiefernwälder mit riesigen Flächen von Fichten ab. Auch Laubbäume gestalten das abwechslungsreiche Aussehen des Waldes: Eichen, Buchen, Ahorn und Eschen, immer wieder unterbrochen von weitläufigen Mais- und Getreidefeldern; grüne Wiesen, auf denen vereinzelt schwarz-weiße Kühe grasen; hin und wieder große abgerundete Felsen, die geheimnisvoll aus den Baumgruppen hervortreten. Wenn man Glück hat, sieht man sogar Steinadler, die sanft durch die Lüfte segeln. So stand es jedenfalls im Prospekt. Die Luft ist sauber und frisch. Es ist offenbar berechtigt, diese schöne Gegend als „das grüne Herz in der Mitte Deutschlands" zu bezeichnen.
Ralf ist begeistert von den kilometerweiten Wäldern und dem berühmten Rennsteig, den prachtvollen Schlössern und Burgen, die zum Teil nur noch als Ruinen bestehen. Es scheint eine besonders verträumte, verschlafene Gegend zu sein; gerade richtig, um für knapp drei Wochen auszuspannen. Er freut sich darauf, diese Gegend noch besser kennenzulernen. Wie viele Bildbände über Thüringen hat er studiert, um sich gut vorzubereiten? Er kann es nicht sagen.

„Na denn, dann hau ich mal wieder ab!"
Das war eindeutig jugendlicher Protest. Der Junge hat es mehr demonstrativ in die geheimnisvolle Stille des Waldes gesprochen. Ralf spürt, dass er damit signalisiert, an einem weiteren Gespräch mit ihm nicht mehr interessiert zu sein. Es klingt vorwurfsvoll, und Ralf fühlt sich für einen Moment ungerecht behandelt. Was kann er dafür, dass dieser Anzugtyp sich in ihren zaghaft begonnenen Dialog einmischte? Sollte er ihm etwa sagen, dass er sie gefälligst in Ruhe lassen soll? Hätte er

das wirklich sagen sollen oder überhaupt dürfen? Jeder ist vom ersten Tag an bemüht, möglichst bei allen, mit denen man in den nächsten Wochen zu tun hat, einen positiven Eindruck zu hinterlassen – er natürlich auch. Schließlich kennt er diesen Menschen nicht. Was, wenn er hier im Haus eine einflussreiche Persönlichkeit ist? Er könnte durchaus in dieser Einrichtung eine leitende Position einnehmen. Er ist es gewohnt, sein Wissen unter die Leute zu bringen, das spürt man sofort. Sein Auftreten ist forsch und überzeugend, ein typischer Akademiker.

Obwohl er noch nicht viel gesagt hat, hat Ralf sich ein komplettes Bild von seinem Gegenüber gemacht – eine Marotte, der erstaunlicherweise Erfolg beschieden ist.
Wieder spürt Ralf, dass er übermäßig schnell gereizt ist. Was ist nur los mit ihm? Ist er wirklich nervlich so verbraucht?
Er mag die Leute nicht, die ihn von der Seite anreden und dumme Fragen stellen. Was geht es diesen Mann an, wo ihre Gedanken sind? Selbst wenn Ralfs Gedanken in der Sahara wären, kann es dem Anzugtypen doch letztendlich egal sein. Ralf merkt, dass ihn diese Situation ärgert.
Dass der Junge ihn angeredet hatte, war ein Zeichen, dass er für die Jugend immer noch ansprechend ist trotz der grauen Haare und seiner Unsportlichkeit. Jedenfalls hatte der Alte ihn offensichtlich verjagt.

Ralf schaut zu dem Unruhestifter, der immer noch auf eine Antwort wartet. Sein Blick gleitet über die Täler vor ihnen.
„Es ist sehr schön hier!"
Hat Ralf das wirklich gesagt? Was für eine dumme Antwort! Der andere muss doch damit total unzufrieden sein; immerhin wollte er wissen, wo ihre Gedanken weilten.
Wieder bemerkt er, wie so oft in letzter Zeit, dass er es nicht fertigbringt, unbefangen zu reden. Er prüft peinlich genau die Satzstellung, die richtige Wortwahl. Er sei ein typischer Lehrer, sagten ihm seine Kollegen mehrfach. Sie waren es, die den Antrag bei der Versicherungsanstalt zur Übernahme der Kosten stellten.

„Leistner, Professor Leistner, von der Otto-von-Guerike-Universität in Magdeburg, aber bereits im Ruhestand."

Der andere hält Ralf die Hand entgegen. An den schmalen knochigen Fingern funkelt ein kostbarer Ring. Der dunkelbraune Stein ist in viel Gold eingefasst. Prüfend schaut der Professor sein Gegenüber an. Er will offensichtlich sehen, ob ihm der nötige Respekt entgegengebracht wird.

„Wendler, Ralf Wendler. Ich bin Gymnasiallehrer in Witten."

In diesem Moment fliegt eine wilde Taube über ihre Köpfe hinweg.

„Witten, eine schöne Stadt."

Ralf spürt, dass es nur eine höfliche Floskel ist. Warum nur lag wieder dieser gewisse Unterton in seiner Stimme, den Ralf vorhin schon mal kurz bemerkt hat? Er mag seine Stadt. Witten ist mit knapp einhunderttausend Einwohnern immerhin keine Kleinstadt.

„Und welche Klassen und Fächer unterrichten Sie?"

Er schaut über seine Brille hinweg. Ralf muss an seine Schüler denken, wenn er ihnen eine Frage stellt. Er fühlt sich wie in einer Prüfung, in der sein Wissensstand gnadenlos beleuchtet wird.

Seltsam, er hat das Gefühl, wegzumüssen. Er soll hier auf andere Gedanken kommen, den Schulalltag vergessen; nicht daran erinnert werden, dass er zuletzt Probleme mit seinen Jugendlichen hatte. Sicherlich lag es nicht nur daran, dass die Familien seiner Schüler aus Anatolien, Kroatien oder dem Kongo kamen. Die schlechten Deutschkenntnisse in den Familien, obwohl die meisten Schüler seit ihrer Geburt in Deutschland leben, ärgerten ihn maßlos. So wird es doch nie etwas mit den Kindern! Wie viele erfolglose Gespräche hat er mit den Eltern geführt? Die wissen doch gar nicht, was sie ihren Kindern damit antun! Er weiß nicht mehr, wer die große Schlägerei am letzten Schultag vor den großen Ferien auf dem Schulhof provoziert hat. Jedenfalls hatte er gerade Pausenaufsicht. Irgendeiner schrie: „Ach, bums doch deine Alte!" Dann ging es auch schon rund. Schließlich lagen drei kämpfende Jungs am Boden. Einer blutete so stark am Hinterkopf, dass der Arzt gerufen werden musste. Natürlich war das Aufsehen entsprechend groß.

„Seid ihr denn von allen guten Geistern verlassen? Ihr benehmt euch wie die Wilden. Ihr seid hier nicht im Urwald!"

Hatte er das wirklich so gesagt? Jedenfalls wurde es von den Eltern eines Jungen, die aus Sri Lanka stammen, als Beleidigung aufgefasst. Dabei hatte er es zu einem jungen Türken gesagt, der ständig andere Jugendliche provoziert und dafür allgemein bekannt ist. Egal. Jetzt ist er hier zu einer von der Schulaufsichtsbehörde auferlegten Kur.

„Ich unterrichte Physik, Mathematik und Sport in der elften und zwölften Klasse."
„Interessante Fächer, aber ein schwieriges Alter!"
Das findet Ralf überhaupt nicht: Die Jugendlichen in diesem Alter haben ihre pubertäre Sturm- und Drankzeit zum größten Teil hinter sich, sind viel ausgeglichener und ruhiger.
„Sind Sie verheiratet?"
Erschrocken blickt Ralf den Professor an, empört über diese offene Neugier. Er beschließt, nicht darauf einzugehen.
„Ich bin Witwer. Meine Frau ist an Brustkrebs gestorben – vor zehn Jahren."
Ralf meint, Tränen in seinen Augen zu sehen.
„Können Sie sich vorstellen, dass Stille und Einsamkeit wehtun können?"
Er schaut Ralf direkt in die Augen und macht ihn dadurch unsicher.
„Es ist schrecklich, plötzlich allein zu sein nach 43 Ehejahren."
Ralf empfindet tatsächlich so etwas wie Mitleid – ein Gefühl, das er selten hat.
Ob er lange getrauert hat? Wie alt mag er jetzt sein? Siebzig oder älter? Seine Kleidung ist nicht besonders modern und geschmackvoll. Ob er Kinder hat? Der dunkle Anzug hat bereits einige abgenutzte Stellen an den Ellenbogen.

In diesem Moment erklingt leise ein glockenähnlicher Ton aus dem Kurhaus, das Signal für die Mahlzeit. An dieses Zeichen werden sie sich gewöhnen müssen. Es erinnert irgendwie an den Schulbetrieb.
„Kommen Sie, Herr Professor, man soll nicht auf uns warten müssen!"
Ralf merkt, dass er sein Gegenüber zum ersten Mal mit seinem Titel anspricht. Der scheint es zu genießen.

Als sie den Speisesaal betreten, ist bereits einiges los am Buffet. Ein schwacher Hauch von vergangenem Luxus schlägt ihnen entgegen. Auf den Tischen liegen weiße Damastdecken und einfache Stoffservietten, die nicht zueinanderpassen. Es gibt keine besondere Tischbedienung, was der Professor missbilligend feststellt.

Einige Kurgäste tun so, als reiche das Speiseangebot nicht für alle. Sie drängeln und schubsen.

Professor Leistner hat sich einen Tisch in einer Nische am Fenster ausgesucht. Er wartet darauf, dass Ralf sich dazusetzt. Obwohl der keine Lust hat, setzt er sich dennoch zu ihm. Sie warten, bis der erste Andrang vorüber ist.

„Schauen Sie sich diese Massenabfertigung an, dieses wilde Gedränge! Ist das nicht irgendwie unkultiviert?"

Ralf empfindet dies nicht und schweigt.

Am Nebentisch haben drei ältere Damen Platz genommen. Einige Wörter dringen an Ralf Ohr. Sie sprechen Englisch. Die Damen schauen neugierig zu ihnen herüber. Als höflicher Mensch tut Ralf so, als bemerke er es nicht. Sie machen sich über die Einrichtung des Speiseraumes lustig – ein Überbleibsel aus sozialistischer Vergangenheit.

Der Professor grüßt zu ihnen hinüber und deutet eine leichte Verbeugung an. Ralf findet das albern und wendet sich ab.

In diesem Moment kommt der Junge von vorhin in den Speiseraum. Er schaut sich suchend um. Erst als er die beiden Männer entdeckt, geht er zum Buffettisch. Einige Male blickt er zu ihnen herüber. Er ist sich unsicher, ob er sich wirklich zu ihnen setzen soll. Schließlich geht er doch auf sie zu, obwohl noch viele andere Plätze frei sind. Ralf sieht, wie der Professor ihn aus den Augenwinkeln missmutig beobachtet.

„Darf ich?"

Bevor sie antworten können, hat er seinen Teller abgestellt und sich wieder entfernt, um Orangensaft zu holen.

„Na ja, dann wollen wir wohl auch mal, oder?"

Der Professor schaut Ralf fragend an, als er sich aus dem Stuhl erhebt. Sie gehen an das Buffet. Die Speisen duften appetitlich. Vor ihnen steht eine füllige Mittvierzigerin, die sich mit einem unangenehmen Parfüm besprüht hat. Überall riecht es plötzlich streng danach und überdeckt für einen Moment sogar den Geruch der gebratenen Speisen.

Ralf entscheidet sich für Bratkartoffeln und ein großes Stück Sülze. Der Koch hinter der Theke schenkt ihm ein Bier ein. Die anderen sind bereits am Essen, als er am Tisch ankommt.

„Guten Hunger! Schmeckt´s?"

Der Professor zeigt mit dem Messer abfällig auf den Jungen, der sich, ohne sich stören zu lassen, in den reichlich gefüllten Mund immer noch weitere Happen hineinsteckt und gleichmäßig vor sich hin kaut.

„Hoffentlich kriegen wir den jungen Mann in den nächsten Wochen satt!", provoziert der Professor laut weiter.

Der junge Mann schluckt zwei-, dreimal und schaut von seinem Essen auf.

„Bleib mal schön locker, Opa, ja? Entspann dich einfach!"

Erschrocken blickt Ralf auf. Er sieht gerade noch den Unterkiefer des Professors nach unten kippen. Mit dieser Reaktion hat er offensichtlich nicht gerechnet. Er kann schlecht mit der lässigen Bemerkung umgehen. Ralf lächelt ihn an und genießt sein Essen weiter.

„Und was läuft hier heute noch so ab?"

Vielleicht hat der Junge bemerkt, was er gerade angerichtet hat. Er klingt schon weitaus versöhnlicher.

Auf der kleinen Bühne neben dem Eingang ist ein großer kräftiger Mann erschienen. Sein Anzug passt perfekt, die blau-gelb gestreifte Krawatte ist farblich gut abgestimmt. Nach und nach unterbrechen die Kurgäste ihre Gespräche und warten darauf, was er zu sagen hat. Seine Gestik deutet darauf hin, dass er eine Ansprache halten möchte. Jemand stößt mit seinem Löffel leicht an ein Glas. Es ist kurz darauf still im Raum.

Gut, dass es nur eine kurze Begrüßung ist mit einigen Informationen.

„In diesem Sinne wünschen wir Ihnen einen angenehmen Aufenthalt in unserer Kureinrichtung und in dieser traditionsträchtigen Gegend!"

Der hessische Akzent des Kurdirektors ist nicht zu überhören, also ein Westimport. Aus Höflichkeit klatschen die Angereisten Beifall. Der Redner verschwindet so unauffällig, wie er gekommen war.

„Voll cool – dieses Kaff soll eine traditionsreiche Gegend sein? Ist doch lächerlich, Mann!"

„Noch nie was vom Jonastal gehört?"

Der Professor wartet die Antwort nicht ab.

„Wenn das hier alles geklappt hätte, dann hätten wir wohl den Krieg nicht verloren."

„Ach ja, jetzt kommt wohl wieder die Leier von den Schützengräben und der Schlacht vor Stalingrad und all dieses Zeug."

Ralf findet, dass der Junge nun doch zu weit geht.

„Etwas mehr Respekt solltest du schon haben, denke ich mal."

„Respekt – wovor?"

Ralf wechselt schnell das Thema. Er hat so spät keine Lust mehr, groß zu diskutieren.

„Meine Herren, schlafen Sie gut!"

Der Professor nimmt sich seine Serviette und putzt sich den Mund. Sie stehen auf und gehen hinter den anderen Kurgästen her durch den langen Flur entlang in den Zimmertrakt. Doch, diese Einrichtung, so gut sie auch sein mag, hat etwas Kasernenmäßiges an sich.

Das also war der Anreisetag. Ralf lässt ihn noch einmal in seinen Gedanken Revue passieren. Der Blick aus dem Fenster über den Nachthimmel mit den langsam im Dunkel verschwindenden Baumwipfeln stimmt ihn melancholisch. Das kennt er gar nicht so von sich.

Im Zimmer liegt ein Hauch von Zigarettenqualm. Merkwürdig, wie sofort alles den unangenehmen Geruch annimmt! Einige Fledermäuse fühlen sich durch ihn angelockt und schwirren am Fenster vorbei, obwohl Ralf noch kein Licht angeschaltet hat.

Iris hatte ihn an den Zug gebracht. Sie wird es nicht leicht haben mit ihren Zwillingen. Die sind jetzt immerhin schon dreizehn. Er hatte es den Jungs immer wieder eingeschärft, dass sie ihrer Mutter helfen müssen, wenn er zur Kur ist. Sie werden es tun, bestimmt. Er liebt seine Familie über alles.

Er schaltet die kleine Lampe auf dem Nachttisch an und schaut sich im Zimmer um; auf dem Bett liegend, seine Arme unter den Kopf geschoben. Wie viele Leute mögen hier schon so gelegen haben? Mit welchen Gedanken haben sie sich wohl herumgeschlagen?

Das Zimmer ist sehr einfach eingerichtet: ein Bett, ein Schrank, ein Tisch mit zwei Stühlen und ein winziger Schreibtisch. Das sind die einzigen Möbelstücke. Ein Fernseher fehlt. Ralf wird ihn nicht vermissen. Seinen leeren Reisekoffer hat er auf den Schrank geschoben, um Platz zu sparen. Er muss sich hier nur zum Schlafen aufhalten, dafür reicht es so. Es gibt genügend andere Räume, die gemütlicher eingerichtet sind. Das Handy klingelt: Iris möchte wissen, ob er gut angekommen ist.

2. Erinnerungen

Ralf hatte sich vorgestellt, durch ein Klingelzeichen geweckt zu werden – was zu dieser Einrichtung passen würde. Er weiß nicht, wie er darauf gekommen ist; wahrscheinlich wegen der Klingel zum Abendessen.
Als er aufwacht, scheint bereits die Sonne durch das Fenster und bildet einige unförmige Schatten an der gegenüberliegenden Wand. Es bleibt noch etwas Zeit. Seine erste Anwendung beginnt erst um zehn Uhr.

Das Wasser in der Dusche braucht einige Zeit, bis es warm wird. Die Anlage stammt offenbar noch aus der Zeit vor der Wende. Von nebenan hört er Radiomusik, dazwischen die Stimmen einer Frau und eines Mannes, die sich streiten. Schnell nimmt er seine frische Wäsche aus dem Kleiderschrank und zieht sich an. Mal sehen, was dieser Tag bringen wird. Er ist froh, dass er in aller Ruhe in den Tag starten kann: Keine Verpflichtungen, keine Probleme oder Sorgen bedrücken ihn. „Erholung pur" ist in den nächsten Wochen angesagt.

Im Speiseraum sitzen bereits einige Leute. Er grüßt allgemein in die Runde. Die meisten reagieren überhaupt nicht. Es stört ihn nicht. Er hat seine Anstandspflicht erfüllt und sucht sich einen Tisch, möglichst weit weg von den anderen, wieder an einem Fenster. Es ist angekippt. Ralf genießt die frische Luft, die durch den engen Spalt in den Raum strömt. Von hier aus hat er einen wunderschönen Blick hinunter in das weite Tal. Leichter Nebel liegt über den Baumwipfeln. Er denkt an zu Hause, an seine Familie. Schade, dass sie jetzt nicht hier sind! Sie könnten wunderschöne Spaziergänge durch den Wald unternehmen.
Er reißt sich von seinen Gedanken los und betrachtet die anderen Gäste. Sie sehen erholt aus. Diese Gesichter wird er in der nächsten Zeit öfter sehen.

Er sollte sich jetzt etwas vom Buffet holen und mit dem Frühstück beginnen. Vielleicht wird anschließend Zeit für einen kurzen Waldspaziergang sein. Seine Behandlungskarte legt er auf seinen Platz.

Das Frühstücksbuffet ist reichhaltig. Er nimmt sich ein frisches Brötchen, eine Portion Rührei, dazu gebratene Speckwürfel und zwei Scheiben Berghüttenkäse, der besonders kräftig riecht. Der Kaffee sieht gut aus, zumindest duftet er stark und würzig.

Zufrieden geht Ralf an seinen Tisch zurück. Über den Wäldern liegt immer noch leichter Nebel. Man sagt, es werde gutes Wetter, wenn der Tag so beginne. Aus einer Lichtung steigt Qualm kerzengerade in den Himmel hoch.

Während er noch überlegt, wer um diese Zeit ein Feuer anzündet, erscheint der Professor. Er trägt wieder den grauen Anzug vom Vortag mit der antiken Krawatte. Sein eigenes Besteck in einer handgefertigten Bestecktasche, mit seinen Initialen bestickt, hat er mitgebracht.

„Guten Morgen, Herr Wendler! Ich hoffe, Sie haben gut geschlafen?"
Ralf hat den Eindruck, dass ihn seine Antwort nicht wirklich interessiert.
„Doch, ja, danke, bestens – und Sie?"
Er winkt ab.
„Ich habe Ischiasschmerzen. Bei mir wird es immer sehr spät, bis ich einschlafen kann. Aber danke der Nachfrage."
Er breitet sein Besteck auf der weißen Stoffserviette aus, die er aus der Bestecktasche genommen hat.
„Dann will ich mal schauen, was es hier Schönes gibt."
Ralf schaut ihm nach. Ob er sich zu Hause sein Essen selber zubereiten muss? Es ist bestimmt nicht einfach, plötzlich alleine zu sein. Sein Vater fällt ihm ein, der seit einigen Jahren alleine in München lebt. Er sollte ihn mal wieder besuchen.
Der Professor hat sich nur ein Brötchen mit Schinken und ein gekochtes Ei mitgebracht.
„Kennen Sie die Gegend hier, Herr Professor?"
Ralf ist neugierig auf die Antwort.
„Es ist eine traditionsreiche Gegend; verbunden mit vielen bedeutenden Namen: Johann Sebastian Bach, Martin Luther, Goethe und Schiller. Aber das wird Ihnen nicht unbekannt sein!"
Der Professor schaut plötzlich neugierig auf.

„Sie haben einen Namen vergessen: Eugenie Marlitt, geborene John."
Ralf staunt. Diesen Namen hat er noch nie gehört.

„1825 hier in Arnstadt geboren und 1887 ebenfalls hier gestorben. Sie war eine erfolgreiche und beliebte Schriftstellerin."

Was mochte der Professor jetzt von ihm denken? Ob er ihn für einen Schwätzer oder einen Angeber hielt?

„Sind Sie von hier, ich meine: aus der ehemaligen DDR?", will er schließlich von Ralf wissen.

„Nein, ich kenne diese Gegend auch nicht. Vor der Wende war es immer ein Problem, das Land hinter der Zonengrenze kennenzulernen. Wir haben hier keine Verwandten, konnten uns also nicht in die DDR einladen lassen. Wir hatten auch kein sonderlich großes Interesse daran, muss ich zugeben. Ich war einmal mit einer Gruppe auf der Wartburg zu einem Kongress, das war alles."

Ob es das war, was der Professor hören wollte?

„Ich habe das Land des real existierenden Sozialismus auch nie in der Praxis kennengelernt. Ich weiß nicht, ob ich etwas verpasst habe", beendet er die Befragung.

„Ich kam gleich nach der Wende von Göttingen nach Magdeburg an die Uni. Göttingen ist eine schöne Stadt."

Es ist nicht zu überhören, dass ihm Magdeburg nicht so zusagte.

Jetzt kommt auch der junge Freund in den Speiseraum. Mit einem kurzen Blick hat er die beiden Männer entdeckt. Ralf hört, wie der Professor leise vor sich hin stöhnt. Es scheint zu bedeuten: „Nicht schon wieder!"

„Wie heißt du überhaupt?", will Ralf wissen, als er sich nicht gerade sanft in den Stuhl fallen lässt.

„Meine Alten haben mich immer ‚Alexander' genannt, meine Freunde sagen ‚Atze' zu mir, kannst ‚Atze' sagen."

Ralf überlegt, wie er ihn nun ansprechen soll.

„Okay, Atze, ich bin Ralf, und das ist Professor Leistner, klar?"

Der Junge beginnt breit zu grinsen.

„Gebongt, Alter!"

Er schlägt in Ralfs Hand ein. Der Professor schaut die beiden ein wenig kritisch mit innerem Abstand an.

„So, ich muss los, in zehn Minuten hab ich die erste Anwendung."
Ralf steht auf und lässt die beiden so gegensätzlichen Menschen allein zurück.

Der Kurarzt hat sich für die Aufnahmeuntersuchung genügend Zeit genommen und Ralf eine Reihe von Moorpackungen, Bäder und Massagen verschrieben. Er soll vor allem viel an die Luft gehen, die wunderschöne Gegend genießen und nicht an zu Hause denken. Erholung sei für ihn das A und O in der Kur. Na ja, ganz ist Ralf nicht davon überzeugt, zumal er glaubt, nicht wirklich abschalten zu können. Was kann es Wichtigeres geben als sein Job, den er gern ausübt, und seine Familie natürlich? Seine Gedanken sind immer bei ihnen.

Er ist gespannt auf seine Anwendungen. Neugierig betritt er den geschmackvoll gestalteten Gang, der zu den Behandlungsräumen führt. Sorgfältig abgestimmte Landschaftsfotos hängen an den Wänden. Ein aufdringlicher Geruch von Fichtennadelextrakt schlägt ihm entgegen. Die meisten Stühle sind unbesetzt.
„Bitte nehmen Sie Platz, Sie werden aufgerufen!", steht auf einem kleinen Schild; fast zu klein, um gelesen zu werden. Eine junge Frau lächelt in sich hinein.

Ralf nimmt sich wahllos eine der Zeitschriften, die auf einem Beistelltisch liegen. Erst jetzt bemerkt er, dass er eine Frauenzeitschrift erwischt hat, über die er sich oft unsinnig aufregt. Die leichten Bauchschmerzen irgendeiner Möchtegernprominenz werden hochgespielt und als beginnende Schwangerschaft verkauft – während andere Menschen, von denen niemand redet, die wahren Helden im Alltag sind. Das sind die Geschichten, über die man berichten sollte, die anderen Menschen vielleicht die notwendige Kraft und den Mut zum Durchhalten geben, die nicht im Mittelpunkt des öffentlichen Geschehens stehen. Was interessieren ihn die zerbrochenen Ehen und die Seitensprünge der Schauspieler, Popstars oder Politiker?
Sein Blick gleitet über das restliche Leseangebot. Für ihn ist nichts dabei. Die Zeitschrift „Motorsport", die ihn interessiert, hält sein Stuhlnachbar lesend fest in den Händen.

„Herr Wendler, bitte!" Die Dame im weißen Kittel hält ihm die Tür auf. Wenig später liegt er wie eine ägyptische Mumie auf einer Bahre, eingepackt in eine Schlammpackung, umhüllt mit etlichen Wolldecken. Er soll schwitzen. Oberhalb seines Kopfes hört er das leise Ticken einer Uhr. 20 Minuten soll er so durchhalten.

In der Nebenkabine, die mit einem dunkelgrünen Vorhang von seinem Behandlungsraum abgetrennt ist, wird ein Bad vorbereitet. Zwei weiß Gekleidete, eine davon mit einem auffallend russischen Akzent, lassen das Wasser geräuschvoll in die Wanne laufen.
„Hast du das in der Zeitung gelesen? Der Gerolf Wendler ist gestorben. Der wurde aber auch nicht alt."
Ralf genießt die Wärme um sich herum und erschrickt, als er seinen Nachnamen hört. Er muss sich verhört haben.
„Welcher Wendler? Nebenan liegt auch ein Wendler. Komische Zufälle gibt's."
Wieder sein Name im russischen Akzent. Ralf ist plötzlich hellwach.
„Na, der hat damals als junger Soldat – ich glaub, der war gerade einmal achtzehn, zwei polnischen KZ-Häftlingen zur Flucht verholfen. Das waren wohl Juden."
Das rauschende Wasser wird abgestellt. Die Stille tut den Ohren gut. Ralf hört das Hantieren der Frauen.
„Die kamen aber nicht weit. Die Nazis haben schnell herausbekommen, dass er ihnen geholfen haben muss, und ihn nach Buchenwald geschafft. Dass er nicht gleich als Vaterlandsverräter oder so was erschossen wurde, blieb immer ein Wunder. Jedenfalls kam er hierher ins Jonastal auf die Baustelle mit den vielen anderen Häftlingen. Als dann die Amis kamen, hat er denen geholfen, die gesprengten Eingänge zu den Schächten und unterirdischen Anlagen zu finden. Der kannte sich hier ja gut aus."
Es klopft an die Tür.
„Einen Moment noch, wir sind noch nicht so weit!", ertönt es hinter dem Vorhang.
Die Tür öffnet sich einen Spalt, wird aber sofort wieder geschlossen. Ralf kann es aus den Augenwinkeln sehen.

„Als die Amis weg waren, haben die Russen ihn wieder eingesperrt, weil er den Amis geholfen hat. Ist das nicht verrückt?"

Der Wasserhahn wird kurz aufgedreht. Es rauscht. Ralf kann plötzlich nichts mehr verstehen. Schade! Was hat dieser Wendler nicht alles mitgemacht? Plötzlich wird Ralf bewusst, wie gut er es doch bisher in seinem Leben hatte.

Wieder wird der Wasserhahn zugedreht.

„Der hat zuletzt, über die Wende hinaus, nichts davon erzählt, was die mit ihm gemacht haben; immer aus Angst, dass man ihn wieder abholen könnte. Kannst du dir ein solches Leben vorstellen?"

Die Russin antwortet nicht.

„Weißt du eigentlich, dass die Kommunisten das Konzentrationslager Buchenwald noch viele Jahre weiterbetrieben haben?"

Ein lautes Scheppern lässt Ralf erschrecken.

„Mist, das ist mir letzte Woche schon mal passiert."

Der Vorhang wird mit einem Ruck beiseitegeschoben.

„So, Herr Wendler, wir wären so weit!"

Der Wecker am Kopfende hat noch nicht geklingelt. Sie scheinen unter Zeitdruck zu stehen, und das schon am frühen Morgen. Ralfs Gedanken und Gefühle sind aufgewühlt. Er hat plötzlich das Bedürfnis, über das Gehörte zu reden. Wer war dieser Gerolf Wendler, sein Namensvetter? Was hatte er empfunden, erlitten?

Es ist Mittag. Die Zeit ist schnell vergangen. In seinen Gedanken war Ralf die ganze Zeit bei dem Gespräch. Er muss sich beeilen, um nicht zu spät im Speisesaal zu sein. Im Gegensatz zum Frühstück und Abendbrot ist der Zeitraum für das Mittagessen genau festgelegt. Zwei Hauptspeisen sind im Angebot, also kein warmes Buffet. Sicher ist es so eingerichtet, damit der Koch nicht zu viele Gerichte zubereiten muss. Heute gibt's gekochten Fisch mit Salzkartoffeln in Dillsoße. Wer keinen Fisch mag, bekommt Gulasch angeboten.

„Mahlzeit!"

Der Professor und Atze reagieren nicht. Der Junge stochert lustlos in seinem Fisch herum.

„Igitt, da sind ja noch Gräten drin, Mann! Das ist doch ätzend."

Der Professor blickt kurz auf.

„Das ist bei Fischen manchmal so. Du hättest ja Gulasch nehmen können", kommentiert er mürrisch.

„Na, wie war der Vormittag bei euch?"

Ralf merkt sofort, dass er sein kumpelhaftes Du nur bei Atze anwenden kann. Er will sich gerade beim Professor entschuldigen, da wird er von Atze unterbrochen.

„Ich hatte ein Moorbad. Da geh ich nich wieder hin. Zuerst hat die Alte mich fast ertränkt in dieser dicken, stinkenden Pampe. Dann hat sie mir mit einem Hochdruckschlauch und eiskaltem Wasser voll auf die Eier gespritzt. Ich bin doch nich bekloppt und lass mich hier entmannen!"

Atze sieht in seiner Empörung noch drolliger aus, wobei am Ernst seiner Aussagen nicht zu zweifeln ist. Das ist zu spüren.

„Mir tut jetzt noch alles weh!", setzt er nach.

„Du gewöhnst dich daran, glaub mir", versucht Ralf ihn zu beruhigen.

„Du musst deine Hände davorhalten, wenn der Wasserstrahl kommt!"

Atze scheint überhaupt nicht hinzuhören. Er schiebt entrüstet den noch gefüllten Teller von sich weg.

„Mir schmeckt es!"

Der Professor lächelt schadenfroh. Ralf kann beobachten, wie es in Atze arbeitet. Hoffentlich hält er jetzt seinen Mund und spricht nicht aus, was er gerade denkt!

„Weißt du eigentlich, was hier in der Gegend alles so passiert ist?"

Ralfs Ablenkungsmanöver wirkt.

Der Professor blickt kurz auf und widmet sich erneut seinem Essen.

„Natürlich weiß er das nicht. So ist die Jugend heute: von nichts eine Ahnung, aber eine große Klappe."

Der Professor hat es ganz ruhig gesagt, gefährlich ruhig.

Atze holt tief Luft.

„Ja, klar, es lebe die Gruftiära. ‚Seht mal, was wir früher alles gemacht haben!' Alles Scheiße!"

„Moment, Atze, das geht doch etwas zu weit!", versucht Ralf zu vermitteln.

„Na, ist doch wahr. Die sind auch noch stolz auf den Krieg und so. Hör sie dir doch an, wie gerne sie über ihre Kriegserlebnisse berichten! Es waren alles Helden."

Atze hat protestvoll sein Besteck auf den Tisch geknallt. Andere Kurgäste schauen neugierig zu ihnen herüber.

Der Professor schweigt. Ralf ist dieser Gefühlsausbruch des Jungen peinlich.

Endlich legt der Professor sein Besteck zur Seite und schaut Atze lange nachdenklich an.

„Nein, wir sind nicht stolz auf den Krieg, ganz gewiss nicht. Er hat einen großen Teil unserer eigenen Jugend gekostet. Er hat viel Leid über die Menschheit gebracht. Vielleicht sind wir stolz, dass wir es überleben durften, mag sein. Manch einer von uns hat all das Schreckliche immer noch nicht verarbeiten können. Nein, wir sind nicht stolz, ganz bestimmt nicht, mein Junge."

Dem alten Mann stehen Tränen in den Augen.

Ralf muss jetzt etwas sagen, muss die Situation entschärfen. Krampfhaft überlegt er. Auch Atze spürt die Peinlichkeit der Situation, die er gedankenlos heraufbeschworen hat.

„Sorry, so hab ich das auch nicht gemeint!"

Man merkt ihm deutlich seine Verlegenheit an.

„Gleich nach Kriegsende hat man herausbekommen, dass sich hier im Raum Arnstadt und Ohrdruf ein reichsdeutsches Hightech-Zentrum befunden hat beziehungsweise im Bau war. Wusstest du das, Atze?"

Der Junge fühlt sich nicht wohl. Er wirft seine Stirn in Falten, als wollte er sagen: „Und was soll das jetzt?"

„Ich interessiere mich nicht für Geschichte!"

„Solltest du aber, denn es könnte hier manches passieren, was du sonst nicht begreifen kannst. Du solltest die Augen aufhalten, mein junger Freund!"

Wollte ihm der Professor jetzt Bange machen? Wie kommt er überhaupt dazu, ihn auf einmal „mein junger Freund" zu nennen?

Ralf ist auf Atzes Reaktion gespannt. Der aber beginnt zu schmunzeln, während er sein Kompott löffelt. Das hatte Ralf nun nicht von ihm erwartet. Der Teller mit dem Fisch steht auf dem Tisch.

„Ehrlich, wir befinden uns hier auf einem sehr umstrittenen Gelände. Du wirst es bemerken, wenn du einen längeren Spaziergang unternimmst. Du wirst sehr bald in einen militärischen Sicherheitsbereich der Bundeswehr kommen, der früher bis zur Wende als Truppenübungsplatz von den Russen und der Volksarmee der DDR genutzt wurde. Das Gebiet wird immer noch streng bewacht."

Der Professor hört Ralf zu und hebt plötzlich den kleinen Löffel in die Höhe, um die Aufmerksam auf sich zu lenken.
„Vor einige Jahren – es ist noch gar nicht lange her – ist es auf dem riesigen Gelände des Truppenübungsplatzes durch die vielen Erschütterungen der schweren Militärtechnik der Roten Armee zu einer erheblichen Geländeabsenkung gekommen. Sofort wurden Kriminalisten und Stasileute aus Berlin hinzugezogen, die ein gewaltiges Loch in einem großen Erdtrichter untersuchten. Merkwürdig, dass in der düsteren Tiefe der Verlauf einer Betonstraße zu sehen war. Stell dir das mal vor!"
Atze war tatsächlich sprachlos. Er starrt fasziniert auf den Professor.
„Quatsch, ihr verarscht mich jetzt, stimmt´s?"
Ohne darauf einzugehen, erzählt der Professor weiter. Die anderen Kurgäste waren inzwischen alle gegangen.
„Das Loch wurde auf deren Befehl wieder zugeschoben. Ein Fernsehjournalist vom ‚ZDF heute journal‘ hat den russischen Kommandanten des Übungsplatzes danach interviewt. Das Gespräch hab ich selber im Fernsehen gesehen."
Der kleine Löffel wippt in seiner Hand bedrohlich hin und her.
„Er sagte, dass man doch einigermaßen darüber verwundert gewesen sei, dass es riesige Hohlräume und Erdspalten auf dem Gelände gibt, von denen man nicht recht weiß, wie sie einzuordnen seien. Sind sie gefährlich, vielleicht sogar vermint?"
Der Professor hebt die Schulter an, um seine gespielte Unwissenheit zu unterstreichen. Sein Gegenüber hat aufgehört zu kauen und schaut ihn wie gebannt an.
„Sie haben dann ein aufwendiges Experiment gemacht: Sie warfen eine Rauchbombe in den Schacht und verschlossen sorgfältig den Eingang. Zu ihrem Erstaunen stellten sie fest, dass der Rauch erst viele Kilometer weiter in der Nähe des Ortes Crawinkel aus den Erdspalten aufstieg. Es muss also eine unvorstellbar große unterirdische Anlage vorhanden sein, wenn man das glaubt. Komisch, dass die Amis davon überhaupt nichts mitbekommen haben, als sie das erste Mal in der Gegend waren.

Darauf mussten sie erst aufmerksam gemacht werden."

Der Professor legt eine längere Pause ein und betrachtet Atze über die Brille hinweg. Er scheint jetzt zufrieden.

„So, ich werde mich erst einmal hinlegen. Der Vormittag war anstrengend."

Er steht auf und schiebt seinen Stuhl an den Tisch heran.

Auch Ralf will sich erheben, merkt aber, dass Atze keine Anzeichen macht aufzustehen.

„Glaubst du das alles?"

„Du, das ist nicht eine Frage des Glaubens, das sind Fakten. Es sind nicht alles nur Spekulationen."

„Und welche?"

Ralf hat keine Lust, jetzt mit ihm weiter darüber zu reden. Auch er ist geschafft und braucht seine Mittagspause.

„Okay, nur so viel: Seit Herbst 1944 haben Häftlinge in den steilen Muschelkalkhängen des felsigen Jonastals, so heißt dieses Tal hier zwischen Arnstadt und dem kleinen Ort Crawinkel, ein gewaltiges Stollensystem geschaffen. Faktisch bis zur letzten Minute, als Hitler längst den Krieg verloren und die Deutschen kapituliert hatten, wurde in den ausgedehnten unterirdischen Anlagen noch gearbeitet."

Atze ist voll aufmerksam.

„Und was haben die da gemacht?"

„Man geht davon aus, dass der Inhalt mehrerer Eisenbahntransporte, die von Berlin und andernorts auf dem kleinen nahe gelegenen Bahnhof in Crawinkel ankamen, dort verstaut und später hierher gebracht wurden. Selbst der Salonwagen, der wohl berühmteste Eisenbahnwaggon der Welt, stand im Frühjahr 1945 auf diesem Bahnhof, bevor er verschwand. Jetzt hat man herausbekommen, dass er in die Luft gesprengt wurde. Er sollte eigentlich in das Stollensystem gefahren werden. Dazu kam es jedoch nicht mehr.

Ein Lehrer aus Ohrdruf hat es mit seinen Schülern herausbekommen. Die waren übrigens so alt wie du.

Dann kamen die Amerikaner. Bevor sie das Jonastal einnehmen konnten, unternahm die restliche Waffen-SS tief im Berginneren gezielte Sprengungen vor. Was die nicht schafften, schafften die Amerikaner und Russen. So wurden bestimmte Abschnitte geheimer Systeme wirkungsvoll und wohl für immer unauffindbar verschlossen – bis heute jedenfalls."

Atze unterbricht Ralf.

„Bei der heutigen modernen Technik und den vielen Möglichkeiten, die wir haben, müsste doch …"

Ralf winkt ab.

„Und wenn man sie trotzdem entdeckt, muss man damit rechnen, dass sie durch Sprengsätze oder Chemikalien abgesichert sind."

Atze scheint auf dem Stuhl angewachsen zu sein. Ralf hat keine Lust, ihn hier weiter zu unterhalten.

„Und was haben die da versteckt?"

Ralf hebt die Schultern.

„Es muss einen Grund geben, weshalb viele Gänge nicht erforscht wurden. Andere Stollen aber, die wohl genauso viel Brisantes bargen, konnten die Amis einnehmen."

Ralf ist inzwischen aufgestanden und signalisiert dem Jungen, dass er jetzt zu einem weiteren Gespräch zu müde ist.

„Es war eine riesige Anlage."

Atze wirft die Stirn in Falten.

„Wieso ‚war'? Ich denke, das kann man jetzt noch sehen?"

Ralf schiebt seinen Stuhl unter den Tisch, um Atze zu zeigen, dass er gern seine Mittagspause genießen möchte.

„Geschichte scheint ja doch nicht so langweilig zu sein, Alter!"

Ralf dreht sich noch einmal um, bevor er nach draußen geht. Atze sitzt immer noch in Gedanken versunken am Tisch.

Ein sanfter Schwall frischer, kühler Luft weht ihm ins Gesicht, als er ins Freie tritt. Er atmet einige Male tief durch. Das tut gut. Die absolute Windstille vom Morgen ist gewichen.

Um ihn herum stehen hohe Fichten. Wie viel haben sie von dieser braunen Geschichte mitbekommen? Er merkt, dass er sich plötzlich mit dem ganzen Mythos gedanklich stark beschäftigt. Er hat darüber eine Menge gelesen. Komisch, dass ihm das alles erst heute am Tisch wieder eingefallen ist! Vielleicht wäre es ihm auch früher eingefallen, wenn er bei der Fahrkartenbestellung im Internet als Zielbahnhof Crawinkel eingegeben hätte. Gibt es da überhaupt noch einen Bahnhof?

Jetzt kommt alles wieder in ihm hoch, was er während seiner Studentenzeit gelesen hat. Es hatte ihn damals, genau wie Atze, fasziniert. Ralf hat Mühe abzuschalten und einzuschlafen.

Einigermaßen ausgeruht sitzt Ralf mit dem Professor und Atze beim Abendessen. Atze will anschließend fernsehen. Der Professor und Ralf nehmen sich vor, in die Johann-Sebastian-Bach-Kirche nach Arnstadt zu gehen. Hier findet ein Konzert mit Werken von Bach statt. Er freut sich darauf. Vielleicht bringt ihn die Musik auf andere Gedanken. Es ist sehr lange her, dass er in einem Orgelkonzert war.

Sie gehen rechtzeitig los. Kurhausdirektor Hansen hatte ihnen empfohlen, vorher ins Bachhaus zu gehen. In der Kohlgasse 7 soll es sein.

Sie stehen vor dem Bachhaus. Die Stadt hat es nach der Wende wieder neu hergerichtet. Es ist wohl die bedeutendste Wohnstätte der Familie Bach. Leider ist es geschlossen. Schade!

Sie überqueren den Marktplatz und kommen an dem Denkmal des jungen Bach vorbei. Es ist eine ungewohnte Pose, wie ihn der Künstler darstellt: Bach stützt sich rückwärts an einer Säule ab und schaut erwartungsvoll in die Ferne. Ralf gefällt diese Pose. Er dreht sich noch einige Male um, um einen kompletten Eindruck von dieser Plastik zu bekommen.

Er fühlt sich jetzt richtig eingestimmt auf das bevorstehende Konzert. Schade, dass Atze nicht mitgekommen ist! Ein wenig Kultur hätte dem Jungen nicht geschadet.

Aus allen Richtungen kommen die Menschen herbei. Sie treten durch die große Eingangstür in die Kirche. Hier also hat der große Musiker als Achtzehnjähriger die neue Orgel geprüft und abgenommen? Ralf liebt Bachs Musik.

Es überkommt ihn ein leichter Schauer der Ehrfurcht, als er das große Kirchenschiff betritt. Die weiß gestrichenen Bänke und hellen Brüstungen der Emporen machen den Raum angenehm warm und freundlich.

Als er sich umdreht, ist er leicht irritiert. Hier sollen doch zwei Orgeln übereinander eingebaut sein? Er sieht nur eine Orgel ganz oben auf der zweiten Empore. Darunter befindet sich eine schlichte, grau gestrichene Bretterwand.

Ein junger Mann, von dem Ralf annimmt, dass er der Küster ist, muss seinen fragenden Gesichtsausdruck bemerkt haben.

„Die obere ist die, auf der Bach gespielt hat, eine barocke Wender-Orgel. Die Steinmeyer-Orgel von 1913 befindet sich hinter der Verkleidung."

Ralf nickt dem freundlichen Mann zu, obwohl er nur Bahnhof versteht. Der ist sicher davon überzeugt, dass Ralf ein Musikexperte ist.

Ralf schaut zurück zum Professor. Der steht abseits an einer riesigen Grabplatte, deren eingemeißelte Schrift fast nicht mehr zu erkennen ist.

Die Kirche ist nur zur Hälfte gefüllt. Vor dem Altarplatz haben die Musiker ihre Plätze eingenommen und beginnen das Stimmen ihrer Instrumente. Ralf und der Professor setzen sich in die Mitte des Kirchenschiffes, rechts vom Mittelgang. Hier soll die Akustik am besten sein. Gut, dass die Rückenlehnen der Bänke nicht so hoch sind wie in anderen Kirchen! So haben sie einen guten Überblick. Erst jetzt sieht Ralf auf das Faltblatt, das ihnen am Eingang in die Hand gedrückt wurde.

„Brandenburgisches Konzert Nr. 2 in F-Dur, Bach-Werke-Verzeichnis (BWV) 1047."

Hat er das jetzt laut vor sich hin gesagt? Ralf schaut zum Professor und sieht, wie der leicht mit dem Kopf zustimmend nickt. Mann, hat er sich so wenig unter Kontrolle? Es ist ihm peinlich.

Ralf schaut zum ungezählten Mal auf die Uhr. Es ist so weit. In diesem Moment kommt der Dirigent aus einer Tür hinter der linken Säule heraus. Er wirkt mutig und entschlossen, was sofort die Anwesenden zum stürmischen Applaudieren verführt. Lächelnd dreht er sich zu ihnen um und verbeugt sich leicht. Dann dreht er sich zu den Musikern und hebt den Taktstock. Es ist auf einen Schlag still in der Kirche.

Ralf schließt seine Augen, er möchte alles konzentriert in sich aufnehmen.

Dann hört er die Musik, die sofort sein Herz erreicht. Er hört die Violinen, die Oboen, Blockflöten und Trompeten. Nun hebt sich kurz eine Geigenstimme hervor, beginnt mit einem Solo. Es ist fantastisch. Ralf spürt in seinem Körper, wie ihn die Musik erfüllt. Das Cembalo setzt gleichmäßig einen Ton neben den anderen, überhöht von den Einsätzen der anderen Instrumente. Er könnte stundenlang zuhören.
„Was haben wir Deutschen für großartige Künstler hervorgebracht! Wir können stolz darauf sein, was wir als Nation der Welt geschenkt haben", denkt er.

Die Musiker haben gerade das Andante beendet und setzen zum Allegro assai an mit der vierstimmigen Fuge. Ralf schaut zum Professor. Der hat Tränen in den Augen. Ob er jetzt wohl an seine Frau denkt? Ralf schämt sich, dass er so unbeschwert und vielleicht oberflächlich die Musik hört. Womit hat er das verdient, dass es ihm so gut geht?

Dann plötzlich überfallen ihn düstere Gedanken wie ein Schwarm hungriger Krähen. Er kann sich nicht mehr wehren. Er sieht den alten Juden vor sich, der ihnen damals, als sie noch Stundenten waren, schlimme Geschichten von dieser Gegend erzählt hat. Sie haben ihm nicht geglaubt und ihn als Lügner bezeichnet. Warum nur muss Ralf gerade jetzt an ihn denken? Hat der Professor ihn an diesen Juden erinnert? Vielleicht waren es die Tränen des alten Mannes.
Wie durch ein Wunder konnte er durchhalten, bis sie sich aus dem KZ Buchenwald befreien konnten. Er sprach davon, dass KZ-Häftlinge aus Buchenwald im schönen Thüringer Wald ein weitverzweigtes unterirdisches Geflecht aus Stollen, Gängen und Gewölben errichten mussten. Er sprach von einem neuen Führerhauptquartier, vom Sonderbauvorhaben III mit der Kurzbezeichnung „S III". Im Zeitraum von November 1944 bis Ende März 1945 wurden dreißigtausend Häftlinge von Buchenwald nach Ohrdruf gebracht, was kurzerhand als Außenstelle des Konzentrationslagers eingerichtet wurde. Auch er war dabei.

Diese Zwangsarbeiter mussten 25 Stollen mit einer Gesamtlänge von zweitausenddreihundert Metern in den Hang treiben. Wozu? Fast stündlich wurden die Toten aus den Stollen transportiert. Entkräftung, Krankheiten, Unfälle waren die Ursachen. Wer umfiel, blieb liegen oder wurde von den abgerichteten Schäferhunden zerfleischt.

Ralf sieht wieder diesen mageren kleinen Mann vor sich, dessen tief liegende Augenhöhlen immer noch Entsetzen ausstrahlten, während er Unglaubliches berichtete. Sein Körper zitterte, er hatte Tränen in den Augen.

Und nun sitzt Ralf hier unweit dieser schrecklichen Hölle auf einer Kirchenbank, lauscht den fantastischen Klängen Bachs und sieht innerlich das Gesicht des Elends vor sich. Wie unterschiedlich doch die Gehirne der Menschen sind! Die einen bringen großes Leid in die Welt – die anderen verstehen es, diese himmlische Musik zu schreiben.
Ralf hält es nicht mehr aus und öffnet die Augen. Er sieht die großen hochstrebenden Bleiglasfenster. Sie weisen auf die Spitze, das Symbol des Heiligen Geistes, die Taube.

Ralf schaut sich um. Die anderen Zuhörer lauschen konzentriert der Musik. Die meisten haben ein entspanntes Gesicht. Ob ihre Eltern und Großeltern von diesem Elend im Jonastal wussten? Es konnte ihnen doch nicht verborgen geblieben sein!
Ralf hat das Gefühl, erdrückt zu werden. Er bemüht sich, leise aus der Kirche zu kommen. Seine Banknachbarn fühlen sich gestört und reagieren verärgert.

Draußen atmet er kräftig durch. Er hört immer noch die Musik durch die dicke Eichentür. Er wird auf den Professor warten. Unweit vor der Kirche findet er eine Bank, auf die er sich setzt. Was war nur los mit ihm? Bewirkte dies die Nähe zu diesem ganzen Elend?
Ein junges Pärchen kommt eng umschlungen den holprigen Weg entlang. Sie scheinen glücklich zu sein und haben die Welt um sich herum vergessen. Schön, dass wenigstens sie unbeschwert nach vorne schauen

können. Vielleicht sollte er Atze nicht so viel von der Geschichte rund um das Jonastal erzählen, nimmt er sich vor.

In diesem Moment wird die Eichentür der Bachkirche geöffnet. Die ersten Konzertbesucher verlassen das Gotteshaus. Ralf sieht in der Menge den Professor. Er blickt nach allen Seiten, kommt schließlich auf Ralf zu.

„Was war denn mit Ihnen los?"

„Mir war die Luft da drin zu schlecht."

Ralf ahnt, dass der Professor ihn nicht versteht.

Obwohl der Weg zum Kurhaus nicht weit ist, nehmen sie ein Taxi. Es ist bereits spät geworden. Ralf will vermeiden, dass sie sich auf dem Weg viel unterhalten. Ihm ist nicht danach.

3. Der zweite Tag

Nein, Ralf hat nicht gut geschlafen. Vielleicht war es nicht gut, hierher zur Kur zu fahren. Er hätte lieber an die Ostsee fahren sollen. Aber dort wäre er vielleicht wieder in der Nähe von Peenemünde gelandet und hätte das gleiche Problem. Gibt es überhaupt einen Flecken Erde, der nicht von Menschenblut durchtränkt ist, auf dem kein menschliches Elend geplant und ausgeführt wurde? Diese Gedanken haben ihn die ganze Nacht lang beschäftigt. Genau das sollte aber durch die Kur vermieden werden. Jetzt schmerzt ihm der Kopf. Das Aspirin hat noch nicht angeschlagen, als er zum Frühstück geht.

Atze und der Professor sind schon da, als er mit seinem starken Kaffee zu ihnen kommt. Er hofft sehr, der Kaffee tue ihm gut. Die drei alternden Damen sitzen wieder an ihrem Tisch und reden in Englisch über das Wetter. Ralf findet ihre Unterhaltung amüsant. Plötzlich hört er, worüber sich Atze und der Professor unterhalten.

„Es ist nichts, aber auch gar nichts bewiesen, mein Junge. Jeder weiß doch, wie schnell sich Geheimnisse zu Mythen bilden, Hirngespinste der Menschen vielleicht, Ausgedachtes. Wer weiß das schon genau? Bisher ist es nicht gelungen, nur eine einzige der Bunkeranlagen oder der Zugänge durch Freilegung nachzuweisen, nicht eine einzige."

Der Professor hat sich in Rage geredet.

„Es reicht ja, dass sie so viele Kunstschätze geklaut haben, widerrechtlich, verstehst du? Deshalb sag ich: geklaut."

Es entsteht eine Pause, und Ralf überlegt angestrengt, worüber sie wohl gerade gesprochen haben könnten. Offensichtlich geht es um die sogenannte Kriegsbeute der Russen.

„Und was ist mit den Amerikanern und den Engländern?", mischt Ralf sich ein. „Immerhin hatten sie die Anlage 1945 durchsucht, alles hermetisch abgeriegelt und alle Untersuchungsdokumente nach Washington geschafft, wo sie bis heute unter strengstem Verschluss sein sollen."

Atze ist völlig hilflos nach dem Redeschwall an Informationen.

„Und warum rücken die nicht mit den Unterlagen heraus? Schließlich gibt es in den Aufklärungsberichten die Aussagen von Zivilisten und gefangen genommenen Soldaten, die den Schluss zulassen, dass die amerikanischen Truppen außer auf die 25 Stollen noch auf andere Untergrundanlagen gestoßen sind."

Ralf hatte dies in einem Buch gelesen.

„Herr Wendler, irgendwo ist aber auch eine Grenze der Glaubwürdigkeit, oder meinen Sie nicht? Ich denke, es ist sehr viel dazugedichtet worden. Wenn es nach diesen Berichten geht, dann waren wir damals selbst unserer Zukunft technisch weit voraus."

„Ja, das waren wir wohl auch, davon bin ich überzeugt!"

„Ach ja, jetzt kommt die Sache mit den Ufos, ja? Sie müssen wissen, junger Mann, dass Hitler schon Ufos hergestellt haben soll, die sogenannten ‚Reichssuppenschüsseln‘", wendet sich der Professor sarkastisch Atze zu, der völlig verwirrt dem Streitgespräch beiwohnt.

„Davon sollen 174 Stück in der Garage unter der Erde voll funktionstüchtig geparkt sein, immer noch. Mit einer Wünschelrute hat man das herausbekommen."

Atze kann nicht mehr folgen.

„Immerhin haben die Amerikaner in den Untergrundanlagen entdeckt, dass es sich nicht um die bereits bekannten 25 Stollen handeln kann, da diese weder eine Wagenradform haben noch mehrstöckig sind."

Warum hat Ralf sich nur so schlecht unter Kontrolle? Er ärgert sich über sich selbst. Wollte er nicht gerade dieses jetzt vermeiden? Statt Atze zu schonen, haben sie ihn voll mit einer Fülle von Informationen bombardiert, die er unmöglich verstehen und verarbeiten kann. Wie soll er das alles verkraften?

Der Professor nimmt wortlos sein weich gekochtes Ei aus dem Eierbecher und kappt es mit einem leichten Schlag. Er streut in Ruhe Salz auf das Ei und beginnt zu löffeln.

„Darin sind wir uns aber wohl einig: Es gibt unzählige Aufklärungsberichte, die für die Existenz von unbekannten Bauwerken unter der Erde stehen. Nicht zuletzt ist die große Anzahl der eingesetzten Häftlinge auffallend, oder?"

Ralf merkt, dass der Professor nicht mehr diskutieren möchte.

„Wir sollten uns diesen schönen Tag nicht mit Streitereien verderben, zumal es nichts einbringt."

Der Professor erhebt sich von seinem Stuhl.

„Ich wünsche Ihnen viel Vergnügen bei den bevorstehenden Anwendungen!"

Ralf schaut ihm nach, bis er durch die Tür verschwunden ist.

„Stimmt das wirklich, was ihr da gesagt habt?"

„Na ja, immerhin hat die Frankfurter Allgemeine Sonntagszeitung vor Jahren einen ausführlichen und spannenden Beitrag mit dem Titel: ‚Raketen in Thüringen – Neue Hinweise auf eine unbekannte Nazi-Waffenschmiede!' veröffentlicht."

Dem Jungen steht der Mund offen.

„‚SPIEGEL ONLINE' hat darüber auch ausführlich berichtet."

Ralf muss sich noch aus seinem Zimmer seine Behandlungskarte holen.

„Wir sehen uns nachher?"

Ralf lässt den verblüfften Atze alleine zurück. Er ist sich nicht sicher, ob es gut war, den Jungen damit zu belasten. Er scheint total überfordert zu sein. Vielleicht sollte er mit ihm in der Mittagspause einen längeren Spaziergang unternehmen.

Wie alt ist er überhaupt? Er kommt ihm vor wie die Schüler in seiner Klasse: einerseits erwachsen, andererseits sehr unwissend und oft desinteressiert. Jedenfalls hinsichtlich der geschichtlichen Ereignisse besteht bei ihnen ein riesiges Defizit.

Was wissen sie schon über die Zeit des Nationalsozialismus, was über die Diktatur in der damaligen DDR? Sie wissen oft nicht einmal die Namen der amtierenden Bundespräsidenten oder Kanzler. Es ist sehr mühevoll, ihr Interesse zu wecken. Ralf bemerkt das auch an seinen eigenen Kindern.

Fast wäre er mit einer jungen Frau zusammengestoßen. Er hat nicht aufgepasst und entschuldigt sich in aller Form. Sie lächelt ihn nachsichtig an. Wie schön sie ist! Ralf hat sie bisher noch nicht bewusst wahrgenommen. Sie ähnelt seiner Frau Iris. Seine Sehnsucht nach ihr macht sich bemerkbar. „Wie mag es Iris gehen?", fragt er sich.

Als er in die Kellerräume geht, wo sich die Moorbäder befinden, sitzen drei weitere Kurgäste und warten auf ihre Termine. Klar, Ralf ist ja noch nicht dran. Eine junge Frau, auffallend geschminkt, schaut ihn herausfordernd an. Sie ist jünger als er, viel jünger. Er nickt ihr freundlich zu. Sie lächelt zurück. Ralf fühlt sich geschmeichelt. Was ist denn nur los mit ihm? Hat er etwa jetzt schon Entzugserscheinungen? Auf dem kleinen Beistelltisch liegen einige Zeitschriften, die meisten davon sind in seinen Augen völlig überflüssig. Schließlich findet er die Zeitschrift GEO. In diesem Moment wird sein Name aufgerufen. Er legt sie wieder zurück auf den Stapel.

„So, Herr Wendler, Sie haben heute bei mir den ersten Termin. Bitte ziehen Sie sich aus und steigen dort in die Wanne. Die Moorpackung hat knapp 36 Grad. Sie werden bemerken, dass die Anwendung anstrengend wird. Ihre Sachen können Sie dort auf den Stuhl legen."
Sie verschwindet diskret hinter einem Vorhang, während er sich auszieht. Es kostet Überwindung, in die schwarzbraune, dickflüssige Masse zu steigen, sich bis zum Hals hineinzulegen. Jetzt kann er Atzes Protest gut verstehen. Aber es ist angenehm warm. Die Badedame schaut zwischendurch kurz nach, ob alles in Ordnung ist. Wie lange wird er hier drin liegen müssen? Er spürt nach kurzer Zeit angenehme Müdigkeit in sich aufsteigen. Die Wärme und die Ruhe tun gut.
Dann aber, von seinem Gefühl her viel zu früh, erscheint die Dame erneut und fordert ihn auf, aus dem Wasser zu steigen.
„Wenn Sie sich bitte dort an die Wand stellen würden? Die Beine etwas auseinander."
Sie zeigt auf eine gefliese Ecke. Sofort beginnt sie, seinen Körper mit eiskaltem Wasser abzuspritzen. Der Wasserstrahl schmerzt. Er kann gut verstehen, dass Atze Angst um seine Männlichkeit hatte. Er hält seine Hände schützend davor.

Ziemlich abgekämpft geht er zur nächsten Abteilung, wo ein kräftiger väterlicher Masseur bereits auf ihn wartet. Er fängt sofort an zu reden, als er Ralfs Körper mit Öl einreibt. Anfangs findet Ralf es lästig, vor allem muss er sich an diesen thüringischen Akzent gewöhnen.

Gerade fällt Ralf ein, dass er doch mehr über seinen Namensvetter, Gerolf Wendler, erfahren wollte. Hat er nicht jetzt die beste Gelegenheit dazu?

„Sagen Sie, wer war dieser Gerolf Wendler, von dem dieser Tage eine Todesanzeige in der Zeitung stand? Wissen Sie etwas Näheres? Ich hörte, wie sich Ihre Kolleginnen über ihn unterhielten."

Der Masseur unterbricht seine Arbeit und setzt sich auf den Hocker an der Seite der Liege.

„War der mit Ihnen verwandt?"

Ralf muss lachen.

„Nein, aber man hört genauer hin, wenn jemand denselben Nachnamen hat, oder?"

Das schien den Anderen zu überzeugen.

„Wir haben ihn alle gemocht. Er kam todkrank und völlig verändert von Buchenwald zurück in unseren Ort. Er brach aber sofort den Kontakt zu allen seinen früheren Freunden ab und lebte schließlich wie ein Einsiedler, nachdem auch noch seine Frau an Blutkrebs verstorben war. Sie hatte ihn mühsam hochgepäppelt. Nein, er hatte hier niemanden. Einige behaupten, dass er eine gute Verbindung zu einem Freund in Amerika hatte. Sie haben sich kennengelernt, als die amerikanischen Soldaten hier alles einnahmen.

Man sollte ja nichts Negatives über einen Toten sagen, aber er soll einige brisante Unterlagen über die Verstecke der Kunstschätze in der Stollenanlage unbemerkt beiseitegeschafft und dem Freund gegeben haben. Das soll sie zusammengeschweißt haben. Das hat man sich im Ort erzählt. Ob es stimmt, weiß niemand. Das Geheimnis hat er mit ins Grab genommen."

Der Masseur ist wieder aufgestanden. Er massiert die Schultern. Es schmerzt unerträglich, als sich seine kräftigen Finger durch die verkrampften Muskeln arbeiten.

„Na, da haben wir noch einiges vor uns!"

Nein, heute wird Ralf nicht mehr in der Lage sein, mit Atze einen ausführlichen Spaziergang zu unternehmen.

Die elektronische Uhr im Foyer zeigt an, dass es gleich Mittagzeit ist.

Danach will Ralf sich einen Liegestuhl auf die Terrasse stellen und die Ruhe genießen. Es ist gut, dass die Nachmittage meistens frei von Anwendungsterminen sind. So bleibt noch genügend Zeit zur Entspannung.

„Na, hat die Bademeisterin dich zur Tante gemacht?"
Es dauert eine Weile, bis Ralf die Andeutung versteht. Er lächelt Atze breit an.
„Wieso zur Tante? Es war doch eine angenehme Massage, aber das verstehst du noch nicht."
Wie ist Ralf nur auf diese Antwort gekommen?
„Angeber! Und was machen wir heute?", will der Junge weiter wissen.
Hat er vor, für den Rest der Kur Ralfs Kurschatten zu sein?
„Wieso ‚wir'? Ich werde mich erst einmal ausruhen, und danach können wir sehen, ob wir etwas zusammen unternehmen."
Jetzt hat Ralf auch in der Wir-Form gesprochen. Er ärgert sich darüber. Sicher sieht Atze dies als Bestätigung an. Atze ist enttäuscht.
„Tja, klar, typisch alter Mann!"
Sie betreten den Speiseraum. Der Professor sitzt bereits auf seinem Platz und schaut ihnen erwartungsvoll entgegen.
„Was ist?", kann sich Atze nicht verkneifen. Dass der Junge immer so provozieren muss!

Für den Nachmittag ist eine Fahrt zu den ‚Drei Gleichen' geplant, einigen alten Burgruinen, die man von der Autobahn sehen kann. Ralf möchte gern fit sein. Endlich beruhigen sich seine Gedanken, und er schläft ein.

Er ist der Letzte, als er auf den Vorplatz tritt. Der moderne Reisebus steht bereit zur Abfahrt. Alle Plätze sind besetzt – außer dem neben dem Fahrer, der sich als ‚Kurt' vorstellt. Ralf hat ungewollt den besten Platz erwischt.

Kurt spricht in einem gepflegten Hochdeutsch einige einleitende Sätze über Land und Leute, vor allem aber über das Ziel der Fahrt.

„Die Burgen, die wir uns gleich ansehen werden, wurden zwischen dem 8. und 11. Jahrhundert erbaut. Obwohl die Burgen nah beieinanderstehen, hatten sie nie dieselben Eigentümer und sind von außen vollkommen unterschiedlich."

Er beginnt mit einem Vortrag. Man spürt, dass er es nicht zum ersten Mal macht. Warum gibt er schon hier die Erklärungen? Reicht es nicht, wenn er dies später an Ort und Stelle tut? Egal, Ralf hört zu, allein schon aus Höflichkeit.

„Wenn wir der Sage glauben, entstand der Name nach einem Kugelblitzeinschlag am 31. Mai 1231, nachdem die drei Burgen wie drei gleiche Fackeln gebrannt haben sollen."

Ralf hört genau zu, als Kurt vom Kugelblitz erzählt. Die scheinen hier eine lange Tradition zu haben. Hatte er nicht auch damals, als er sich sehr über das Jonastal informierte, immer wieder von Kugelblitzen gelesen? Nur war die Ursache dort eine andere. Hier war es ein natürliches, rätselhaftes Phänomen, im Jonastal aber die Folge oder Begleiterscheinung technischer Errungenschaften.

Kurt steckt das Mikrofon in die Halterung und setzt den Bus in Bewegung. Das Gefährt ist so leise, dass man nicht einmal ein Rauschen auf den neu asphaltierten Straßen wahrnimmt.

„Ich habe die Burgen von der Autobahn gesehen. Sind die noch gut erhalten?"

Eigentlich ist Ralf das völlig egal, aber er möchte mit Kurt ins Gespräch kommen. Der springt auch sofort darauf an und erzählt, dass die Mühlburg und die Burg Gleichen nur noch gut erhaltene Ruinen seien. Dagegen werde die Wachsenburg als Hotel und Restaurant genutzt. Ralf hört nicht mehr richtig zu.

In der Nähe müsste Buchenwald sein. Er wird Kurt nicht danach fragen. Manchmal wollen Einheimische nicht an unrühmliche Geschichte erinnert werden. Vielleicht kommt ein anderer Fahrgast auf die Idee. Oder Kurt erzählt selbst über das Konzentrationslager auf dem Ettersberg.

Es ist eine schöne Ausfahrt, die dem hohen Fahrpreis durchaus gerecht wird. Die fantastische Gegend zeigt die schönsten Farben und die Vielfalt der gewaltigen Pflanzenvegetation. Seinetwegen könnte es noch stundenlang so weitergehen, doch die Fahrt ist nicht lang. Vor ihnen erscheint bereits Arnstadt. Sie sind gleich zurück am Kurhaus.

„Kurt, bist du von hier?"
Ralf will die restliche Zeit nutzen, um etwas mehr über seinen Namensvetter zu erfahren.
„Ja, warum?", antwortet er plötzlich im breitesten thüringischen Dialekt. Vorhin war sein Hochdeutsch akzentfrei. Jetzt kann Ralf sich denken, dass er sich hier gut auskennt.
„Wer war dieser Gerolf Wendler, der gestern beerdigt wurde?"
Kurt schaut seinen Fahrgast von der Seite an – nur für einen kurzen Moment wie zuvor der Masseur, als wollte er fragen: „Was hast du mit dem zu tun?"
Ralf spürt die Frage und meint, etwas erklären zu müssen.
„Wir haben denselben Nachnamen, und ich hörte gestern bei meiner Anwendung von seinem Ableben."
Wie hochtrabend das doch klingen muss! Kurt ist dennoch mit dieser kurzen Erklärung zufrieden.

„Er war ein armer Kerl. Dabei konnte er keiner Fliege etwas antun. Man sagt, er hätte damals, als die Amis kamen, eine Namensliste von einflussreichen Deutschen, die in der NS-Zeit andere Unschuldige denunziert und nach Buchenwald gebracht haben, beiseitegeschafft. Es sind ja damals viele bei Nacht und Neben abgeholt worden. Seitdem sind die in panischer Angst, dass diese Liste irgendwann unverhofft auftauchen könnte. Manche wollen sogar wissen, dass er sie den Amis damals übergeben hat. Er hat nie darüber gesprochen."
Diese Variante überrascht Ralf. Kurt schaut ihn an, um zu prüfen, ob er ihn auch verstanden hat.
„Die Frauen sprachen nicht von Namenslisten, sondern von Skizzen, wo Kunstgegenstände und so etwas eingelagert sein sollen."
„Ja, klar, das habe ich auch gehört. Das haben aber die Denunzianten verbreitet, um von sich abzulenken."

Ralf versucht das jetzt gedanklich einzuordnen.

„Das Schlimmste war, dass er, nachdem er als junger Soldat viele Jahre die Häftlinge hatte beaufsichtigen müssen, wegen des Verdachtes, den Amis geholfen zu haben, von den Russen gefoltert und ins Speziallager Nr. 2 nach Buchenwald kam. Hier saß er mit Nationalsozialisten, Mitläufern und Kriegsverbrechern fünf Jahre ein, bis 1950. Wir glaubten immer, das KZ wäre aufgelöst worden. Stattdessen gingen die Grausamkeiten weiter", hört Ralf ihn sagen. Es klingt für ihn unglaublich. Sein Kopf versucht das alles zu verstehen.

„… gemäß der stalinistischen Herrschaft des Terrors gegen Andersdenkende'", fügt Kurt nachdenklich hinzu mit einer gewissen Betonung, die nicht zu überhören ist.

„Zuerst wurden Gefangene aus Arnstadt, Erfurt, Jena und Weimar in das Speziallager gebracht. Dann kamen Insassen aus anderen Lagern hinzu. Ein Großonkel von mir war auch dabei. Das muss man sich vorstellen: 1945 waren es dreitausend Menschen, ein Jahr später kamen viertausend dazu und 1947 noch einmal über viertausend Personen. Was war das für ein geballtes Leid! Und das alles nach Kriegsende, als alle glaubten, das Leid sei zu Ende. Jetzt waren es die Sozialdemokraten, die Bauern und vermeintlichen oder tatsächlichen Gegner des sich inzwischen entwickelten SED-Regimes. Einer von den armen Kerlen war der junge Gerolf Wendler."

Kurt macht eine Pause. Ralf spürt ein ungutes Gefühl in der Magengegend. Ihm wird schlecht, er hätte diese Frage nicht stellen sollen. Er braucht dringend frische Luft.

Sie sind angekommen. Kurt wartet, dass die Fahrgäste den Bus verlassen.

„Geht's wieder? Sie sehen blass aus."

Ralf hat sich draußen an der frischen Luft erholt und setzt sich zurück auf den Beifahrersitz – für Kurt ein Zeichen, dass er mehr wissen möchte.

„Insgesamt waren in diesem Speziallager Buchenwald etwa zweihundertachtzigtausend Menschen nach Kriegsende inhaftiert, davon tausend Frauen sowie einige Kinder, die in anderen Lagern untergebracht wurden. Es war ein brutales Lager mit völliger Isolation von den Angehörigen. Die wussten nicht einmal, wo der verhaftete Verwandte war, der in der Nacht abgeholt worden war, damit es niemand in der Nachbarschaft bemerkte. Im November 1945 errichteten sie einen ‚Isolator‘ mit dunklen Einzelzellen. Zu Weihnachten 1945 wurden den Inhaftierten zur Feier des Tages die Brotrationen gestrichen. Wie gesagt, das alles war nach fünfundvierzig. Und die Denunzianten waren wieder voll aktiv. Dieses Mal ging es nur in die andere Richtung; sie hängten ihr Fähnlein in den Wind – je nachdem, woher dieser wehte."

Ralf wird es schon wieder schlecht, und er hält sich krampfhaft an der hochgeklappten Armlehne fest.

„Kein Wunder also, wenn jene, die das ganze Leid für andere heraufbeschworen und dieses System unterstützten, danach die Hosen voll hatten, bis heute. Als endlich am 14. Januar 1950 der Vorsitzende der sowjetischen Kontrollkommission dem Walter Ulbricht mitteilte, dass in Bautzen, Sachsenhausen und Buchenwald die letzten Lager aufgelöst würden, geschah dies doch nur, um das Ansehen der neu gegründeten DDR zu erhöhen. Teilweise hatten sie damit ja auch im Ausland Erfolg. Im Westen wurde jedoch inzwischen eine breite Öffentlichkeit durch den RIAS und andere Radiosender über die Zustände im Lager informiert. Wie verlogen das alles war!"

Für einen kurzen Moment macht Kurt eine Pause. Ralf staunt über sein Wissen. Er scheint nachzudenken.

„Dieser Gerolf Wendler bekam von den Genossen nach seiner Entlassung im Nachbardorf ein kleines verfallenes Haus zugewiesen, direkt am Waldrand. Er hat es sich mit viel Mühe hergerichtet. Baumaterial gab es ja keins. Eines Nachts hatte man ihm alles abgefackelt. Man erzählt sich, darunter seien die Dokumente gewesen, die der Brandstifter auf diese Weise vernichten wollte. Obwohl Zeugen da waren und sogar ein Handschuh vom Täter neben dem leeren Brandbeschleuniger lag, ist man der Sache nie richtig nachgegangen. Man sagt auch hinter vorgehaltener Hand, die Stasi hätte ihre Hände im Spiel gehabt. Aber es gab keine Beweise dafür. Die haben doch alles vertuscht, wo es nur ging."

Kurt macht eine abwertende Handbewegung. Ralf spürt bitteren Hass in seiner Stimme.

„Vielleicht findet die Gauck-Behörde noch Unterlagen darüber. Er war ein armer Kerl, glauben Sie mir! Ich gönne ihm nun die Ruhe. Übrigens: Mein Großonkel ist von dort auch nicht wiedergekommen."

Wortlos verlässt Ralf den Bus. Kurt schaut ihm lange nachdenklich nach. „Was mag er jetzt denken? Vielleicht hat es ihm ja auch gutgetan, einmal darüber zu reden", denkt Ralf. War er für Kurt einer von den Wessis, denen es stets nur gut ging, weil sie nicht unter dem diktatorischen Regime in der Ostzone zu leiden hatten? Er war einfach unverdienterweise in einer anderen Gegend geboren worden. Ralf braucht jetzt erst einmal Ruhe. Es sind noch zwei Stunden bis zum Abendessen. Diese Zeit wird er nutzen.

Bald ist er in seinem Zimmer und legt sich der Länge nach aufs Bett. Er merkt nicht, wie er langsam einschläft.

Am nächsten Morgen fühlt Ralf sich wie gerädert. Ohne Frühstück geht er zu seinen Anwendungen. Erst nach und nach kehren seine Lebensgeister allmählich zurück. Er hat zu tun, dass er alles bis Mittag schafft. Als er zu Tisch kommt, genießt der Professor sichtlich den frischen Kaffee. Kurz darauf kommt auch Atze froh gelaunt dazu.

Etwas ist heute anders. Jetzt sieht Ralf das Ehepaar am Nebentisch: er um die sechzig, sie vielleicht Mitte vierzig, mit einem Jungen in Atzes Alter. Nein, der Sprössling ist keine 20 Jahre alt. Diese Familie hat Ralf im Kurhaus noch nicht gesehen, Neuzugänge also. Er grüßt kurz hinüber und erntet als Antwort ein leichtes Kopfnicken.

„Das scheinen Amerikaner zu sein, sprechen aber einwandfrei Deutsch!", erklärt der Professor so leise, dass sie sich anstrengen müssen, ihn zu verstehen. Ralf schaut noch einmal kurz hinüber und kann nichts erkennen, was die Aussagen des Professors unterstreichen würde. Woran will er ihre Herkunft erkannt haben? Die drei verkörpern nicht das typische Bild von Amerikanern. Gut – die Frau ist vielleicht ein wenig zu stark geschminkt und zeigt durchaus, dass sie nicht zu den

Ärmsten gehört, aber das kann es ja wohl nicht sein. Es interessiert Ralf aber auch nicht sonderlich.

„Wie waren Ihre Anwendungen gestern, Herr Professor?"

Der Angesprochene berichtet minutiös. Atze hört sich alles kommentarlos an und genießt ein dick belegtes Schinkenbrötchen. Ralf muss sich sputen: Sein erster Termin liegt an.

Die Zeit ist schnell vergangen. Wieder treffen sie sich zum Mittagessen im Speisesaal. Seltsam, dass sie sich immer hier treffen. Sonst kreuzen sich ihre Wege selten. Heute gibt es zum Mittagessen grüne Klöße mit Rotkohl und Rinderbraten.

„Wussten Sie, meine Herren, dass in Lauscha um 1835 die ersten künstlichen Menschenaugen aus Glas hergestellt wurden?", überrascht der Professor. Er zerteilt mit der Gabel den ersten Kloß und gießt sich die dicke braune Soße darüber, während Atze interessiert hochschaut. Ralf stellt sich jetzt plötzlich ein menschliches Auge mit Pupille, Iris und roten Adern herum vor.

„Kein Thema zum Mittagessen, oder?"

„Wieso, ich finde das total cool! Stellt euch mal vor, ihr löffelt in der Soße herum, und plötzlich glotzt euch jemand aus dem Teller heraus an, ist doch mega-geil!"

„Klar", denkt sich Ralf, „Atze ist wie meine beiden Jungs zu Hause. Die haben es auch drauf, eklige Themen beim Essen anzuschneiden."

Die Soße ist herzhaft, die Klöße sind fantastisch weich. Das Rotkraut könnte ein wenig süßer sein. Das Fleisch ist zart und nicht zu fettig. Ralf kann gut verstehen, dass dies ein Sonntagsgericht in Thüringen ist. Ihm fällt auf, dass Atze noch nicht über das Essen gemotzt hat. Das ist eine Menge wert.

Als sie den Speiseraum verlassen, erheben sich auch die drei neuen Tischnachbarn und gehen hinter ihnen her. Ob es wirklich Amerikaner sind? Jetzt hört er sie sprechen. Zu seinem Erstaunen reden sie sogar untereinander Deutsch – mit einem amerikanischen Akzent. Ralf dreht sich zu ihnen um.

„Hallo, Sie sind heute erst angereist?"

Sie sind sichtlich froh, dass sie jemand anspricht.

Der Professor findet Ralfs Neugier unpassend. Jedenfalls geht er unbeirrt weiter. Atze dagegen ist mit bei ihnen stehen geblieben.

„Ja, wir sind heute Nacht hier angekommen. Wir sind aus Huntsville. Das hier ist unser Sohn Bill, this is my whife Rosalind, und ich bin Bob Miller. Unsere Eltern waren Deutsche, vor Jahren sind sie ausgewandert. Wir haben die Tradition und die Sprache stets gepflegt."

Sie geben sich die Hand, nachdem Ralf sich vorgestellt hat.

„Und das ist wohl Ihr Sohn? Dürfen wir auch deinen Namen erfahren?", dreht sich Bob zu Atze hin. Ralf beeilt sich, sein Versäumnis, ihn vorzustellen, schnell nachzuholen.

Auf einmal ist die Müdigkeit in ihm verschwunden. Die drei machen ihn neugierig: Warum sind die gerade hier gelandet? Gibt es nicht auf dieser schönen weiten Welt andere attraktive Kurorte für Amerikaner als diesen abgelegenen Ort im Thüringer Wald?

Sie verabreden sich für den Nachmittag. Ralf wird ihnen einiges von Arnstadt zeigen. Bill hat keine Lust dazu. Atze wird sich in der Zwischenzeit um ihn kümmern. Die beiden Jungs werden sich bestimmt gut verstehen.

Arnstadt, die wohl älteste Stadt Thüringens, zeigt sich von der allerbesten Seite, als sie am Nachmittag ankommen. Die Sonne scheint und lässt die Farben an den alten Fachwerkhäusern und den vielen Blumen in den zahlreichen Anlagen noch mehr erstrahlen. Sie schlendern über den Marktplatz, den Ralf ja bereits gut kennt, vorbei am prächtigen dreigeschossigen Renaissancerathaus mit der historischen Uhr am Ostgiebel.

Am Bachdenkmal, das anlässlich des 300. Geburtstages des großen Musikers eingeweiht wurde, führt der Weg vorbei. Ralf erklärt seinen Begleitern, welche Rolle diese Stadt im Leben des Komponisten und Kirchenmusikers gespielt hat. Sie sind interessierte Zuhörer.

Dann stehen sie vor der Bach-Kirche, die merkwürdigerweise nicht über einen Turm verfügt, sondern nur eine stumpf aussehende Dachspitze. Das war Ralf noch nie so aufgefallen wie jetzt. Sie wirkt dadurch gedrungen. Die Amerikaner jedoch sind von dem Gebäude begeistert.

In der Kirche übt gerade ein Organist an der Orgel die nächsten Stücke für den kommenden Gottesdienst. Brausend ertönt ein breiter Schwall von Orgeltönen durch das Kirchenschiff. An der Westseite des Gebäudes ist sie wieder, die legendäre Wender-Orgel aus der Barockzeit. Ralf erklärt den Millers, hinter der Verkleidung befinde sich die neue Orgel von Steinmeyer. Sie scheinen nicht zu begreifen, warum diese versteckt ist, obwohl sie doch so berühmt zu sein scheint.

Die beiden Amerikaner stehen ehrfurchtsvoll im Mittelgang und genießen den Anblick und die besondere Atmosphäre des Gotteshauses. „Ist das nicht Verschwendung?", wollen sie von Ralf wissen. Er weiß darauf keine Antwort.

Über ihnen breitet sich das riesige hölzerne Tonnengewölbe aus.

„Sie müssen wissen, Herr Wendler, dass ich schon einmal hier war, 1945", unterbricht Bob die Stille und überrascht Ralf total. Hat sein plötzliches Erscheinen hier etwas mit den aufregenden Dingen zu tun, von denen Ralf in letzter Zeit erfahren hat? Ist er der Freund von Gerolf Wendler, den hier einige zu fürchten scheinen? Welche Rolle spielt er geschichtlich, oder ist alles ganz harmlos? Ralf ist plötzlich total verunsichert.

„Ich war damals 19 Jahre alt. Es ist für mich wie ein Wunder, dass ich das alles noch einmal sehen darf, ein Gottesgeschenk sozusagen." Damit hat Ralf nicht gerechnet.

Das wäre doch ein zu großer Zufall, wenn dies der amerikanische Soldat wäre, von dem der Masseur und auch Kurt gesprochen haben! Möglich wäre es aber. Nein, eigentlich kann es nicht sein, nicht wirklich. Und doch ist Fakt: Ralf hat hier einen jener Soldaten vor sich, die nach dem Krieg diese Gegend besetzt haben. Warum hat dieser Mr. Miller es nicht schon früher gesagt? Er hat sicher in der Stadt das eine oder andere von früher wiedererkannt.

„Ich wollte immer noch einmal herkommen und es meiner Familie zeigen. Als dies noch sowjetische Besatzungszone war, durften wir als amerikanische Touristen privat nicht einreisen. Ein großer Traum geht für mich in Erfüllung. Bitte gönnen Sie mir eine kurze Meditation!"

Er setzt sich auf die hintere Kirchenbank, und Ralf versteht durchaus, dass er alleine sein möchte. Da kommt jemand aus Amerika, nur um diese Kirche und diese Stadt nach so vielen Jahren wiederzusehen? Das beeindruckt Ralf. Langsam geht er durch das riesige und schlicht gehaltene Kirchenschiff zurück zum Ausgang.

Es ist kühl in diesem Raum. Rosalind hat sich allein auf eine Kirchenbank gesetzt, ein Stück entfernt von ihrem Mann, und lässt die Raumatmosphäre auf sich einwirken.

Ralf verlässt die Kirche und setzt sich draußen auf eine Parkbank, die er bereits vom Vorabend kennt. Die Sitzfläche ist durch die Sonne angewärmt. Einige Spatzen streiten sich direkt vor ihm um ein halbes Brötchen, das hier jemand achtlos weggeworfen hat. Es sieht lustig aus. Komisch, dass es immer jemanden gibt, der dem anderen nichts gönnt – wie der dicke Spatz, der nur damit beschäftigt ist, die anderen vom Futter fernzuhalten, obwohl sie alle genug zum Sattwerden hätten.

Immer wieder blickt Ralf zur Kirchentür hinüber. Er will die beiden in Empfang nehmen, damit sie ihn nicht erst suchen müssen.

Endlich sind sie zu ihm an die Bank gekommen; sie wirken gelöst und locker. Obwohl die Zeit bereits vorgerückt ist, ist es draußen immer noch mild und angenehm.

„Thanks, its brightly! Es war sehr schön für mich."

Bob ergreift Ralfs Hand und macht ihn damit verlegen. Schließlich hat er die Kirche ja nicht gebaut – oder was war es sonst, das die beiden so begeistert hat? Was immer es war – er war dafür nicht verantwortlich.

„Dürfen wir Sie zu einem erfrischenden Drink einladen?"

Ralf hat nichts dagegen.

Es wird ein interessanter Nachmittag, an dem Ralf viel über die Millers erfährt: Bob war Soldat in General Pattons 3. Armee gewesen, die vom 1. auf den 2. April 1945 zielgerichtet auf Thüringen vorstieß. Nein, er hat nichts mit dem Gerolf Wendler zu tun.

„Operation Eclipse" war der Deckname für den keilförmigen Angriff, der für die Amis damals sehr erfolgreich war.

„Ich kam aus den Südstaaten, aus Raleigh in North Carolina. Von dort zogen wir nach meiner Rückkehr nach Huntsville in Alabama, wo wir bis heute leben. Sie sollten uns besuchen kommen!", schließt Bob seinen Bericht ab.

Ralf hat sich immer schon für die Vereinigten Staaten interessiert, ist leider noch nie dort gewesen. Als seine Zwillinge geboren wurden, platzte der Traum. In seiner kleinen Bibliothek stehen über die einzelnen Staaten einige Bildbände, die er unzählige Male durchgeblättert hat. So hat er jetzt in Erinnerung, dass Bob zwischen Memphis, das bereits in Mississippi liegt, und Chattanooga in Tennessee wohnen müsste.

Ihm ist sofort eingefallen, dass in Huntsville 1969 unter Leitung von Wernher von Braun das Mondlandeprogramm der USA durchgeführt wurde. Es ist also eine bedeutende Stadt. Der deutsche Spitzenforscher war damals bei der Wehrmacht Direktor des Raketenwaffenprojektes in Peenemünde, als die Rote Armee kurz davor stand, Peenemünde einzunehmen. Mit seinen hundert engsten Mitarbeitern und sämtlichen Forschungsergebnissen ist er zu den Amerikanern übergelaufen. So kam er schließlich nach Huntsville und wurde dort überall natürlich mit offenen Armen empfangen. Dort befindet sich heute noch das Forschungszentrum der US-Raumfahrtwissenschaft. Irgendwo hatte Ralf dies gelesen.

Ob Bob etwas damit zu tun hat? Nein, er sieht so harmlos aus, eher einfältig, nicht wie ein Wissenschaftler, der sich mit diesen speziellen Dingen beschäftigt. Die beiden setzen sich zu Ralf auf die Bank. Der wagt nicht, nach Bobs Job zu fragen, noch nicht; auch nicht nach der Apollo-11-Mission, die er damals live im Fernsehen verfolgt hat und die ihn seither sehr interessiert.

Durch das intensive Gespräch miteinander haben sie das Abendessen verpasst. Ralf merkt, dass sein Magen sich mit leisem Knurren meldet. Sie hätten in einem der vielen gemütlichen Traditionsrestaurants in Arnstadt etwas essen können, hatten aber überhaupt nicht daran gedacht.

Doch, Ralf findet das Ehepaar Miller interessant und nett. So vergeht die Zeit mit ihnen wie im Fluge.

Bill und Atze haben sich offenbar inzwischen die Zeit gut vertrieben. Anfangs hatten sie Schwierigkeiten, miteinander warm zu werden. Jetzt hingegen sind sie draußen auf dem Rasen und kämpfen miteinander um einen Lederball. Atze hat ihn erwischt und schießt ihn in die Höhe. Im hohen Bogen fliegt er durch die Luft und landet gezielt in Bills Armen.
„Wow, das war´n Hamma!"
Atze klatscht anerkennend in die Hände.
„Wo lernt man denn so was?"
Bill schmunzelt in sich hinein.
„Das ist keine Kunst für einen Baseballspieler. Ich bin zwar kein Jackie Robinson, aber immerhin."
Atze versteht nur Bahnhof.
„Mann, wer war das denn?"
„Er war der erste afroamerikanische Spieler in der obersten Spielklasse, einer der ganz Großen. Schade, der ist schon längst tot, der spielte bei den Brooklyn Dodgers. Den kennt ihr hier aber wohl nicht."
Am verständnislosen Blick sieht Bill, dass Atze wenig Ahnung hat.
„Noch mal für Außenstehende: Jeder bei uns spielt Baseball, zuerst in der Little League, der Highschool League und der University League sowie in verschiedenen Community Colleges. Ich bin in der Highschool League, das macht großen Spaß. Ich kann dir ja mal die Spielregeln erklären, wenn du magst."
„Nee, lass mal, ich bleib lieber bei meinem Fußball, das ist einfacher."
„Wir können ja mal Toreschießen machen, willst du?"
Atze erklärt sich bereit, als Erster ins Tor zu gehen.
Die Sonne ist blutrot untergegangen. Langsam wird sich die Nacht über den Thüringer Wald legen.
Die Jungs verabreden sich zum Fernsehen im Klubraum.
Der zweite Tag geht allmählich zu Ende. Von Professor Leistner ist nichts zu sehen. Iris wird noch anrufen.

4. Ein ungewöhnlicher Abend

Ralf hat sich einen Drink gemixt. Gut, dass er sich einige Flaschen Wein und einen guten Cognac von unterwegs mitgebracht hat! Denn hier im Kurhaus gibt es keinen Alkohol, ausgenommen das einheimische Bier an der Getränketheke. Der Cognac ist zu warm, schade! Er kann seinen typischen Geschmack gar nicht richtig entfalten.

Ralf lässt noch einmal den Tag in Gedanken Revue passieren. Er war ereignisreich und irgendwie spannend. Wie mochte es heute Iris und den Jungs ergangen sein? So langsam vermisst er seine Familie, obwohl er erst seit zwei Tagen von ihnen getrennt ist. Er ist froh, dass er sie hat.

Ralf schaltet das Licht in seinem Zimmer aus und geht auf den Balkon. Die Luft ist noch mild, der Himmel sternenklar. Ihm fällt ein, dass sie in der Stadt die Sternenpracht kaum sehen können. Die vielen künstlichen Lichter haben die Sterne verdrängt. Er genießt diesen Anblick und fühlt die unendliche Weite des Kosmos. Sie macht ihn zugleich traurig. Er weiß nicht warum. Immer wenn er den grenzenlosen Himmel sieht, empfindet er seine Endlichkeit, fühlt sich hilflos, dem Schicksal völlig ausgeliefert. Ob es nicht doch einen Gott hinter dieser Unendlichkeit gibt, eine starke Macht, die diese wunderbare Ordnung geschaffen hat und erhält? Wo ist der Anfang, der Ursprung, und wo ist das Ende? Eine Antwort entzieht sich seinem Denken. Er hat plötzlich ein starkes Gefühl, dass Gott über ihm sei und ihn halte.

Eine Fledermaus – oder ein anderes Tier der Nacht? – flattert haarscharf an seinem Kopf vorbei und holt ihn zurück aus seinen schwermütigen Gedanken? Egal. Es ist still um ihn herum, schön! Seine Augen haben sich an das Dunkel gewöhnt und erkennen wieder die Einzelheiten in der näheren Umgebung. Die anderen Kurgäste liegen anscheinend in den Betten.

Erst jetzt sieht er das schwache Licht einer Kerze auf einem Nachbarbalkon. Da gibt´s noch jemanden, der an diesem herrlichen Abend nicht schlafen möchte. Es müsste eigentlich der Balkon der Millers sein. Als er genauer hinsieht, erkennt er Bob. Der hat sich in einen Liegestuhl auf den Balkon gelegt.

„Es ist zu schön zum Schlafen!"

Ralf prostet ihm mit seinem Cognacglas zu.

„Oh, Sie Glücklicher! Wo haben Sie den denn her?"

Sie bemühen sich, leise zu sein.

„Darf ich Ihnen ein Glas anbieten? Hätten Sie Lust auf einen Drink bei mir?"

Ralf weiß, dass es bei Bob schlecht geht. Sie würden seine Frau wecken.

„Gern, Moment."

Bob erhebt sich vorsichtig, um keine unnötigen Geräusche zu machen, und verschwindet in seinem Zimmer.

Kurz darauf hört Ralf im Gang das Geräusch einer Tür und schaut nach, ob es Bob ist.

„Meine Rosalind hat ein Dinner gezaubert. Es ist sogar etwas übrig geblieben. Sie haben sicher noch nichts zu Abend gegessen?"

Er reicht Ralf eine „Doggie bag". Ralf erinnert sich, gelesen zu haben, dass man in Amerika selbst in den feinsten Restaurants von den reichhaltigen Portionen eines Dinners die Reste in eine solche „Doggie bag" einpacken lässt. Er ist gespannt auf den Inhalt.

„Kommen Sie nur, ich freue mich. Danke!"

Sie gehen auf den Balkon.

Ralf hat inzwischen zwei frische Gläser auf den Beistelltisch gestellt, der sonst ungenutzt in der Ecke steht, und holt eine Kerze, die wenig später einen spärlichen Lichtschein ausstrahlt. Bobs Gesicht sieht im Licht der Kerze unwirklich aus. Er steht am Balkongeländer und schaut ins Tal.

„Ich habe noch oft davon geträumt. Ich hatte Angst, damals, als die schweren Geschütze über uns hinwegdonnerten. Ich war erst 19, so alt wie mein Sohn heute. Gott sei Dank, dass ihm so etwas erspart bleibt!

Ich hab geweint, nächtelang hab ich vor mich hin geweint, wenn ich alleine war.

Eines Tages, als die Infanteriedivision in Eisenach um die Übergabe der Stadt verhandelte, wurden wir an der Stadt vorbeigeleitet in Richtung Ohrdruf und Arnstadt. Wir hatten von diesen Städten noch nie zuvor gehört. Es hieß, General Patton treibe seine Soldaten zur Eile an. Wir hätten uns mehr Zeit lassen müssen, viel mehr Zeit. So waren wir manchmal zu unvorsichtig. Mein bester Freund, er war ein Jahr jünger als ich, ist damals durch eine Mine ums Leben gekommen."

Bob legt eine Pause ein. Ralf wagt nicht, ihn anzusprechen; jetzt nicht.

„Ich möchte Ihnen für diesen Tag nochmals danken!"

Er reicht Ralf die Hand.

„Erzählen Sie mir etwas über Ihre Familie!"

Als Ralf ihm erzählt, dass er an einem Gymnasium unter anderem Geschichte unterrichtet, blickt Bob neugierig zu ihm auf.

„Geschichte? Das ist ja interessant! Dann sind Sie bestens darüber im Bilde, was hier geschehen ist, damals."

Ralf gibt verlegen zu, nicht auf dem Laufenden zu sein. Sicher wäre der Professor ein besserer Gesprächspartner für Bob als er, wenn es um geschichtliche Fakten im Jonastal ging. Er hat aber nicht viel Zeit, sich darüber Gedanken zu machen.

„Wissen Sie, es war alles recht merkwürdig. Es wurde erzählt, Hitler und seine Gefolgschaft hätten drei Kilometer westlich von Arnstadt ein neues, noch nicht fertiggestelltes Hauptquartier. Wir sind damals von Friedrichroda nach Ohrdruf gekommen. Ich denke, so heißen diese Orte noch …? Wir waren nicht besonders gut ausgerüstet. Wir haben in den Zelten gefroren. Mit der Hygiene war es verständlicherweise auch nicht weit her, aber so ist der Krieg."

Bob ist wieder gedanklich für einen kurzen Moment abwesend.

„Es ist mir bis heute schleierhaft, warum wir damals in dem kleinen Ort geblieben sind, in dem wir stationiert waren, und das Jonastal nicht eingenommen haben. Man erzählte sich später, dass unsere Generäle nichts von diesem ganzen Objekt gewusst hätten. Das kann ich mir überhaupt nicht vorstellen. Unsere Aufklärer müssen dann ja geschlafen haben. Erst durch einen Zufall erfuhren sie davon. Es war nur eine einzige Kompanie der Wehrmacht wenige hundert Meter entfernt in Stellung. Die hätten wir sofort wegputzen können, das wäre eine Kleinigkeit gewesen. Aber wir hatten den Befehl, das Jonastal nicht zu besetzen – aber warum nicht? Erst Jahre später wurde es mir klar. Es war der 4. April. Da haben wir das KZ-Außenlager von Buchenwald in Espenfeld unweit der Baustelle im Jonastal entdeckt. Es war schrecklich, was wir dort vorgefunden haben. Es war die Hölle."

Es ist zu merken, wie schwer es Bob fällt, darüber zu reden.

„Unsere Chronik berichtet davon", fährt er dennoch fort. „Erst am 10. April marschierten wir weiter in einer Art Zangenbewegung um das Tal herum und trafen uns wieder in Arnstadt. Und immer noch blieb das Jonastal außen vor. Es war komisch, gerade so, als würde das Gebiet sechs ganze Tage lang niemanden interessieren. Es war, als wäre diese Gegend fremdes Hoheitsgebiet, das niemand betreten durfte. Wir haben dann später eine völlig zerstörte Gegend vorgefunden, es war ganze Arbeit."

Bob pausiert und nippt sinnlich an seinem Cognac.

„Unsere Aufklärer hatten nach dieser Panne gut gearbeitet und eine Menge Informationen und Unterlagen zusammengetragen. Doch es nutzte ihnen wenig. Wir hatten doch keine Ahnung, was dort alles im Hintergrund abgelaufen ist – höhere Politik der Mächtigen."

Der Amerikaner hat es sehr leise gesagt. Ralf schaut ihn fragend an. Er schweigt. Nein, Ralf will jetzt nicht noch mehr in ihn eindringen. Wenn er ihm etwas sagen will, dann wird er es tun, ohne dass Ralf ihn in seinem Gedankenfluss beeinflusst.

Ralf wird wieder einmal bewusst, wie gut er es doch hat, dass er erst nach dem Krieg geboren wurde. Die furchtbaren Kriegserlebnisse wird man wohl ein Leben lang nicht wieder los. Womit hat er dieses Vorrecht verdient?

Bob ließ ihm nicht viel Zeit, weiter darüber nachzudenken: „Rückblickend glaube ich, dass wir von unserer Heeresführung bewusst im Unklaren gehalten wurden. Niemand von uns ahnte, auf was für einem Pulverfass wir damals saßen. Die Generäle wussten inzwischen, dass sich im Jonastal eine riesige Großbaustelle der Waffen-SS befand. Eine Spezialeinheit wurde eingesetzt, die das Gebiet freikämpfen musste. Wir waren nicht dabei. Es war alles streng geheim. Hatte man Angst, dass unvorhergesehene Dinge passieren könnten?"

Bob ist aufgestanden und an die Balkonbrüstung getreten.

„Eine geheime Anlage von unvorstellbarer Größe. Am Nachmittag des 12. April, es war ein herrlicher Frühlingstag – oder war es der 7. April? Egal … –, da kamen überraschend einige Jeeps in unser Objekt gefahren. Es entstand große Aufregung.

Die Generäle hatten sich vorher zu einer Besprechung im Casino mit unserem Oberbefehlshaber und einer hochrangigen Expertenkommission von Wissenschaftlern versammelt. Niemand von uns erfuhr, wo sie an jenem Nachmittag gewesen sind. Man vermutet aber, dass sie einen Teil der geheim gehaltenen Anlage inspiziert haben."

Wieder legt Bob eine längere Pause ein und schweift mit seinen Gedanken ab.

„Es muss äußerst brisant gewesen sein, sodass sämtliche Unterlagen, Berichte, Kartenmaterial und Listen sofort unter Verschluss genommen wurden. Ist es nicht komisch, dass plötzlich das Bestandsverzeichnis der Luftaufnahmen vom 9. September 1945, die die gesamte Großbaustelle zeigten, aus dem Archiv spurlos verschwunden ist? Ebenso fehlen Eintragungen im Bericht darüber, was wir in den Muschelkalkhängen vorgefunden haben. Wir, als einfache Soldaten, wurden schließlich doch noch hinzugezogen, weil die Arbeit zu umfangreich war. Unvorstellbare Mengen von Akten und Unterlagen haben wir verladen. Es wurde alles von unseren Leuten akribisch aufgelistet."

Bob nahm einen kleinen Schluck aus dem Glas.

„Die Angaben vom 8. April, 13.35 Uhr, und vom 11. April, 19.35 Uhr, sind plötzlich verschwunden. Ich habe mir diese Daten genau gemerkt, weil sie mir sehr wichtig erscheinen. Gerade diese Unterlagen waren von unschätzbarem Wert. Man sagt, dass diese wichtigen Protokolle in den ‚National Archives' in Washington aufbewahrt werden und bis heute unter strengstem Verschluss gehalten werden. Darf ich noch einen Drink haben, bitte?"

Bob hält ihm sein leeres Glas hin. Ralf hat nicht aufgepasst und entschuldigt sich wegen dieser Unachtsamkeit, während das goldgelbe Getränk ins Glas läuft.

„Aber warum soll das so geheim gehalten werden, heute noch, nach so vielen Jahrzehnten?", gibt Ralf zu bedenken.

„Vielleicht haben andere Interessen eine höhere Priorität? Man müsste die Akten durchforschen."

Ralf hatte davon gelesen, dass man mehrere Tonnen wichtiger Dokumente, die von hohen deutschen Militär- und Regierungsstellen des Reiches stammen, abtransportiert haben soll. Ein großer Teil davon wurde sofort in den USA als Staatsdokumente der höchsten Geheimhaltungsstufe klassifiziert.

„Es könnte aber durchaus noch andere Gründe geben", unterbricht Bob Ralfs Gedanken.

„Woran denken Sie?"

Es ist erstaunlich, dass Bob sich überhaupt so sehr auf dieses Gespräch einlässt. Oder ist es für ihn ein Stück Vergangenheitsbewältigung? Ist er deshalb hierhergekommen, um mit seiner Vergangenheit abzuschließen? Vorstellbar wäre es durchaus.

Bob schweigt immer noch. Was geht jetzt in ihm vor?

„Ein anderer Grund könnte doch auch ein technologischer Hintergrund sein."

Daran hatte Ralf überhaupt nicht gedacht. Er ist verblüfft über diesen neuen Gedanken.

„Es ist unbestritten, dass hier entwickelte und angewandte Technologien einen enormen wissenschaftlichen Stand hatten. Als Stichpunkte nenne ich die V-Waffen-Entwicklung, die Atomforschung, die wichtige Energieerzeugung nach dem Tesla-Prinzip. Dann die Hochfrequenztechnik und nicht zuletzt die sogenannten Todesstrahlwaffen: alles Dinge, die nicht von der Hand zu weisen sind."

Bob hat sich also doch viel intensiver mit der Thematik befasst, als Ralf geglaubt hatte.

Ralf spürt, dass er jetzt überfordert ist. Wenn das alles stimmte, was Bob sagt, dann würde es im Endeffekt bedeuten, dass die Amerikaner alle diese Technologien von hier weggeholt haben, einfach geklaut, als Kriegsbeute eingezogen sozusagen. Doch waren das nicht alles Spekulationen? Er hatte davon nichts weiter gelesen. Dass es unglaubliche Berichte von Laboren und Versuchsobjekten hier im Jonastal gab, das ist hinlänglich bekannt. Die Unterlagen sprachen von einer riesigen, mehrstöckigen geheimen Anlage, die in gigantischer ‚Wagenradform‘ gebaut gewesen sei. Was die US-Armee letztlich vorfand, seien nach ihren Aussagen zwar nicht die bekannten 25 Stollen für die Mittelstreckenraketen gewesen, aber auch nicht diese Anlage. Wovon redete Bob jetzt?

Dass es diese 25 Stollen gab, mit Schienen und Raketenmaterial, das weiß er aus den Zeitungsartikeln. Was aber waren diese mehrstöckigen Anlagen?
Er muss seltsam reagiert haben. Jedenfalls stockt Bob und schaut ihn fragend an.
„Ist etwas? Habe ich etwas Falsches gesagt? Ich bin in der deutschen Sprache nicht so gut, ich weiß, sorry."

Ralf erzählt ihm von seiner Wissenslücke, und Bob klärt ihn sofort auf.
„Zunächst waren es wohl die historischen Recherchen, die Luftaufnahmen und die eigenen Entdeckungen, die sich schließlich im Laufe der Jahre zu einem Mosaik aus Einzelinformationen zu einem Gesamtbild der diversen groß angelegten unterirdischen Stollensysteme verdichteten. Als die von General George S. Patton geführte US-Armee am 3. April 1945 nach schwersten Kämpfen mit der 6. SS-Gebirgsjäger-Division hierher vordrang, gab es sehr hohe Verluste auf beiden Seiten."

Ralf erinnert sich, dass General Patton nach seinem erfolgreichen Einsatz in Bayern als amerikanischer Militärgouverneur eingesetzt wurde und kurz vor Weihnachten desselben Jahres bei einem mysteriösen Unfall ums Leben kam. Die Zeitungen hatten davon ausführlich berichtet. Dieser Unfall wurde nie richtig aufgeklärt. Viele Gerüchte entstanden. Hatten die Geheimdienste ihre Hände bei diesem Unfall mit im Spiel? So jedenfalls wurde es in der Presse dargestellt.

Obwohl es inzwischen Mitternacht ist, verspürt Ralf keine Müdigkeit. Die Flasche Cognac ist inzwischen leer.

„Wir sollten zu Bett gehen. Morgen wartet wieder eine Palette von Anwendungen auf uns, da sollten wir einigermaßen fit sein."

Bob scheint es nicht gehört zu haben.

„Wissen Sie, dass Hitler in acht unterirdischen Anlagen Benzin herstellen wollte? Hallen von 30 Metern Höhe sollten mit dem Einsatz von KZ-Häftlingen, die in Espenfeld unter unmenschlichen Bedingungen lebten, entstehen. Er wollte von der Außenwelt und den Rohstoffen unabhängig sein. Diese billigen Arbeitskräfte aus dem KZ konnte man anschließend leicht zum Schweigen bringen, wenn sie nicht gleich durch Auszehrung oder Krankheiten umkamen. Keine dieser Produktionsstätten wurde anschließend vollendet, Gott sei Dank. Kurz vor dem Eintreffen unserer Armee wurde die gesamte Anlage ‚Schwalbe V' am 10. April aufgelöst und mit einer einzigen Sprengung durch das SS-Baukommando verschlossen."

Bobs Stimme ist merkwürdig hart geworden, und er muss sich bemühen, leise zu bleiben, damit er niemanden aufweckt. Sie sollten das Gespräch jetzt wirklich beenden, sonst würde es nichts mehr mit der Nachtruhe. Bob ist so in Rage, dass Ralf ihn kaum unterbrechen kann.

Ralf ist über sich selbst erschrocken, dass ihn dieses Thema so massiv einholt, und nimmt sich vor, morgen mit dem Professor darüber zu sprechen. Er hat jetzt Dinge gehört, die ihm völlig neu sind. Bob ist anscheinend ein Experte. Die Gedanken fahren Karussell. Dennoch überkommt ihn wieder eine Welle der Müdigkeit. Er kann es kaum verbergen, gähnen zu müssen. Sicher hat er jetzt sein Gesicht merkwürdig verzogen. Bob grinst ihn an.

„Ja, wir sollten wirklich zu Bett gehen, sonst hängen wir morgen zu sehr durch. Oder wie sagt man das auf Deutsch?"

Er steht auf, nimmt seine leere „Doggie bag" und verabschiedet sich.

Ralf macht sich schnell bettfertig. Das Duschen und Zähneputzen fällt jetzt aus. Er freut sich aufs Bett und hat trotz allem einen tiefen, festen Schlaf.

5. Der Spaziergang

Als am Morgen der Wecker klingelt, schaut Ralf ungläubig auf die Uhr. Er könnte jetzt noch gut einige Stunden Schlaf vertragen. Missmutig erhebt er sich und geht unter die Dusche. Um neun Uhr hat er die erste Anwendung. Er wird kaum Zeit fürs Frühstück haben.

Es tut gut, das kalte Wasser über den Körper laufen zu lassen, auch wenn es zuvor große Überwindung kostete. Es macht munter und frisch. Wieder kehren seine Gedanken zu dem nächtlichen Gespräch zurück. Wieder hat er das Gefühl, dieser Bob Miller wisse mehr, sehr viel mehr.

Im Speiseraum sitzen einige Leute; wohl alles Mitleidende, die wie er aus unerfindlichen Gründen mit den ersten Behandlungsterminen bestraft werden sollen. Was haben sie nur angestellt, dass die anderen länger schlafen können?
Er sitzt wenig später allein in der Ecke, vor ihm der dampfende Kaffee, ein frisches Brötchen mit Butter und Marmelade. Gut, so kann er wenigstens in aller Ruhe frühstücken, ohne lästige Fragen beantworten zu müssen.
Drei Tische weiter sitzt ein Paar, beide um die 40, die sich laut in breitestem Sächsisch unterhalten. Es hört sich in Ralfs Ohren grauenvoll an. Er versucht wegzuhören.
„Bringst du mir noch´n Gaffee mit?", ertönt es durch den Raum. Er schaut zwangsläufig zu den beiden Tischnachbarn hinüber.

In diesem Moment kommt der Professor durch die Tür, kurz in alle Richtungen grüßend, auf Ralf zu. Zum ersten Mal begrüßt er Ralf mit Handschlag. Dies irritiert ihn ein wenig.
„Einen wunderschönen Tag wünsche ich Ihnen, Herr Wendler. Sie sind ja zeitig hier! Ich dachte, ich wäre der Erste."
Was ist denn mit dem Professor los? Ralf schaut ihn überrascht an.
„Danke!"
Mehr bringt er in diesem Moment nicht über seine Lippen. Er muss sich selbst ermutigen, sein Schweigen zu brechen.

„Ja, ich hab ab neun Uhr volles Programm, leider!"

Er schaut auf die Uhr. Viel Zeit bleibt ihm nicht.

„Und wie war Ihr Tag gestern, besser: Ihr Abend?"

In diesem Moment merkt Ralf, wie unmöglich diese Frage ist. Was geht es ihn an? Sein Gegenüber aber lächelt sofort geheimnisvoll und setzt erst nach einer kleinen Pause zur Antwort an.

„Ich hatte ein Date, wie die jungen Leute heute wohl zu sagen pflegen."

„Ein Date?"

Ralf ist überrascht und zugleich amüsiert. Er hebt automatisch seine Augenbrauen.

„Was ist, darf ich das nicht? Ich bin schon erwachsen, Herr Wendler."

„Ja, natürlich, selbstverständlich. Entschuldigung."

Er beginnt tatsächlich, verlegen zu stottern. Diese Ausdrucksweise passt überhaupt nicht zum Professor. Er fragt aber nicht weiter nach, wer denn die Auserwählte sei, obwohl ihn das schon interessiert.

Fasst hätte er seinen ersten Termin verpasst. Als er in den Badebereich kommt, steht die Tür in den Behandlungsbereich offen.

„Kommen Sie, Herr Wendler! Ich habe die Wanne schon gefüllt."

Leise Schlagermusik der 1960er-Jahre durchzieht die Baderäume. Der Geruch von Moorschlamm erreicht seine Nase.

„Das wird Ihnen guttun!", setzt sie nach.

Er entkleidet sich und steigt in die braunschwarze Brühe. Es kostet jedes Mal neu Überwindung, sich darin niederzulassen. Warum macht er das eigentlich? Er hat weder Rheuma noch Gelenk- oder Wirbelsäulenleiden, und seine Prostata ist auch voll funktionsfähig. Okay, das Moorbad soll allgemein für den Bewegungsapparat und vor allem für das Nervensystem gut sein. Jedenfalls ist er danach immer müde und entspannt.

Es dauert nicht lange, und ihn hat die Wannenwärme so stimuliert, dass er die Augen schließt und vor sich hin schlummert.

Ob der Professor wirklich ein Rendezvous hatte? Attraktiv sieht er für sein Alter ja noch aus. Bestimmt sind einige Frauen bereit, über mache Mängel hinwegzusehen, wenn sie dazu noch seinen Titel hören. Warum also nicht? Immerhin ist er schon über zehn Jahre Witwer. Aber welche

Frau könnte es sein? Bestimmt ist sie aus dem Haus, also eine Mitpatientin. In Gedanken geht Ralf alle Frauen durch.

Er hört die Bademeisterin in der Nebenkabine hantieren. Das Wasser rauscht, eine Tür schlägt leise zu. Jemand zieht sich aus. Der Stoff raschelt. Warum hat er heute Morgen Atze noch nicht gesehen? Ob er mit Bill gut ausgekommen ist?
„So, Herr Wendler, die Zeit ist um."
Die mütterlich wirkende Bademeisterin zieht den Vorhang zur Seite und macht sich am Wasserhahn zu schaffen. Ralf weiß, dass er jetzt an die gefliese Wand gehen muss und das leidige Abspritzen beginnt. Der Wasserstrahl erzeugt ein leichtes und schmerzendes Gefühl über Brust und Bauch.

Draußen trifft er Bob Miller. Er hat eine alte „New York Times" mitgebracht und blättern darin.
„Ach, Herr Wendler, guten Morgen! Wie haben Sie geschlafen?"
Er scheint ausgeruht zu sein.
„Ich hab noch viel nachgedacht über unser Gespräch", gibt Ralf zu.
„Wenn Sie wollen, können wir unser Gespräch jederzeit gerne fortsetzen."
Bob lächelt sein Gegenüber an.
„Und Ihre Familie? Sie können Sie doch nicht alleine lassen."
Bob winkt mit der Hand ab.
„Sie wissen, dass ich zur Kur bin; sie haben ihr eigenes Programm."
Soll das heißen, nur er sei hier zur Behandlung? Sicher gab es in den USA gleichwertige Kurhäuser. Für Rosalind und Bill muss es hier doch langweilig sein, wenigstens nach den ersten drei Tagen, wenn sie die Umgebung kennengelernt haben. Da sind die Holzspielwarenfabrik in Ohrdruf, die 1865 das erste Schaukelpferd herstellte, oder die Puppenstadt „Mon plaisir" im Schlossmuseum in Arnstadt.
Zweihundert Jahre alte kulturhistorische Kostbarkeiten dürften zumindest Bill nicht sonderlich interessieren. So viel gibt es hier nicht zu sehen – es sei denn, man wanderte den langen Rennsteig entlang, wollte die Rennrodelbahn in Oberhof oder die große Absprungschanze sehen.

„Meine Familie ruht sich aus, um fit zu sein für den Nachmittag. Zunächst müssen wir unsere Zimmer wechseln. Es ist dort viel zu laut. Der Manager hat uns nebenan ein Appartement angeboten. Er ist ein freundlicher Mensch. Danach werden wir einen längeren Spaziergang unternehmen. Was haben Sie geplant?"
Bei Ralf ist die Planung völlig offen.

Die Lautsprecheranlage schaltet sich kaum hörbar ein.
„Herr Miller, bitte!"
Bob erhebt sich und geht in die Richtung des Behandlungszimmers zum Masseur.
„Wenn Sie Lust haben, schließen Sie sich uns mit Ihren Freunden an", schlägt er vor, bevor er hinter der weißen Tür verschwindet.
Ralf wird wohl keine Lust haben, und wen meint er mit den „Freunden"? Glaubt er, der Professor und Atze seien seine Freunde, nur weil sie an einem Tisch sitzen? Na ja, irgendwie scheinen sie sich inzwischen tatsächlich ein wenig zu mögen.

Der nächste Termin ist für Ralf bei der Physiotherapeutin. Sie meint, er müsse etwas für seine Wirbelsäule tun. Er macht mit, obwohl er noch nie viel für Gymnastik und ähnliche Leibesübungen übrig hatte. Er kommt sich albern vor, rückwärts auf einem Gummiball zu liegen, dabei hin- und herzuschaukeln, während sich andere Patienten hinter der großen Scheibe zum Durchgang über ihn lustig machen. Jedenfalls kommt es ihm so vor. Vielleicht redet er es sich ja auch nur ein.
Anschließend ist autogenes Training an der Reihe. Er liegt auf einer Isomatte mit fünf weiteren Leuten, zumeist älteren Frauen, neben sich. Ein dezenter Schweißgeruch durchzieht den Raum wie ein morgendlicher Nebel.

„So, wir entspannen unseren Körper. Wir atmen einige Male tief durch und lassen die Luft sanft nach außen fließen, ganz sanft, bitte."
Der Schweißgeruch ist beim Einziehen der Luft durch die Nase unangenehm.

„Wir strecken die Arme seitwärts ganz lang aus und bewegen die Finger, dann strecken wir die Beine nach unten. Wir machen uns immer länger und schwerer. Die Zehen strecken wir weiter nach unten."

Seine Gedanken sind beim Professor. Ob er diese Behandlungen auch hat? Er hat ihn noch bei keiner Anwendung gesehen. Vielleicht haben die Alten ein besonderes Programm. Vielleicht sitzt er jetzt aber auch wieder vor seinem Laptop und macht sich über geschichtliche Zusammenhänge kundig. Es ist erstaunlich, wie viel er über das Jonastal weiß.

Ralf hat noch nicht viel von dieser geheimnisvollen Gegend gesehen. Neugierig hat sie ihn dennoch gemacht. Vielleicht ist es doch nicht verkehrt, mit den Millers mitzugehen. Spazierengehen ist ihnen allen ärztlich verordnet worden. Vielleicht kann er so doch ganz nebenbei einiges mehr über diese merkwürdigen Amerikaner erfahren.

„Nun atmen wir ruhig. Wir merken, wie der Arm schwer wird. Es kribbelt in den Fingerspitzen, schwer wird der linke Arm. Und nun passiert dasselbe mit dem rechten Arm. Es kribbelt in den Fingerspitzen, der Arm wird schwer, ganz schwer."

Die Stimme der Therapeutin ist leiser geworden, und er spürt, dass er kurz vor dem Einschlafen ist. Er hört überhaupt nichts mehr. Es ist ruhig und warm um ihn herum. Die Zeit scheint keine Rolle mehr zu spielen.

In seinem Innern sieht er ein Tal, ein großes Tal, bewachsen mit verschiedenen Bäumen und Sträuchern. Die grüne Rasenfläche wird durch graues Felsgestein unterbrochen. Es weht ein leichter Wind und lässt das hochgewachsene Gras und die blühenden Blumen leicht hin- und herschaukeln. Es ist ein friedliches Bild. Er liegt im Gras auf dem Rücken und atmet tief durch. Es ist schön hier.

Erst als die junge Frau kräftig in die Hände klatscht, schießt es erneut durch seinen Körper.

„So, bitte aufstehen!"

Ihre Stimme ist kräftig und hat alle Wärme verloren.

„Bitte schütteln Sie die Arme kräftig aus, und nun die Beine schütteln. So, wir sehen uns morgen um die gleich Zeit wieder."

Ralf schaut auf die Wanduhr: Es gibt gleich Mittagessen. Er beeilt sich, sein Handtuch und das Buch, das er sich zum Lesen mitgenommen hat, auf sein Zimmer zu bringen. Einen kräftigen Appetit hat er und freut sich auf die Rinderrouladen mit Hefeklößen. Die sollen hier besonders gut schmecken.

Auf dem Weg zum Essen trifft Ralf die Millers.
„Na, haben Sie es sich überlegt mit dem Spaziergang? Meine Frau will nicht mitgehen, und alleine macht es mir keinen Spaß. Geben Sie sich einen Ruck, Herr Wendler!"
Bob schaut Ralf herausfordernd an.
„Ganz alleine lasse ich meinen Mann nicht gern gehen. Wer weiß, wo er in der ihm unbekannten Gegend herumsteigt! Womöglich verläuft er sich noch", mischt Rosalind sich ein, um seine Entscheidung zu erleichtern.
„Ich kenn dich doch, Darling, ich kenne dich doch zur Genüge!"

Der Professor und Atze lassen es sich bereits gut schmecken.
„Mahlzeit!"
„Sie kommen recht spät, Herr Wendler!", klingt es vorwurfsvoll. So spät ist er doch gar nicht!
„Ich habe schon befürchtet, mit diesem ungehobelten Bengel allein speisen zu müssen."
Atze schaut zu Ralf hoch und grinst ihn an.
„Der will nur zu seiner Flamme."
Atze deutet mit dem Kopf in Richtung der anderen Tische. Jetzt sieht Ralf auch die älteren Damen, die zu ihnen herüberschauen. Sie haben sich besonders sportlich angezogen. Die Jüngere von ihnen blickt verlegen zur Seite. Sollte das der Kurschatten des Professors sein? Warum auch nicht? Sie wirkt auf den ersten Blick sympathisch.
„Laden Sie die Damen doch ein, sich an unseren Tisch zu setzen! Ich habe nichts dagegen."
„Fangen Sie nicht auch noch an, bitte!"
Der Professor ist gereizt und reagiert empört. Sicher hat Atze bereits schon die Karten voll ausgespielt.

Der Professor tut Ralf leid: Vielleicht ist es Jahrzehnte her, dass er sich für eine Frau interessiert hat.

„Was werden Sie am Nachmittag unternehmen?", versucht Ralf, ihn abzulenken, und schiebt ein Stück der köstlichen Roulade auf seine Gabel.

„Zuerst werde ich etwas ruhen. Was ich danach mache, weiß ich noch nicht. Und Sie? Was planen Sie?"

Ralf erzählt ihm von Bobs Angebot und weckt offensichtlich damit das Interesse des Professors, vor allem, als er ihm von ihrem Nachtgespräch erzählt. Plötzlich scheint die Müdigkeit verflogen. Auch er hat Lust auf einen Spaziergang, muss jedoch pünktlich zum Abendbrot zurück sein, hatte er doch die drei Damen zu einem Eis ins Café nach Arnstadt eingeladen.

Atze grinst, und Ralf sieht, dass es dem Professor auch nicht entgangen ist. Ralf stößt den Jungen unter dem Tisch ans Bein und wirft ihm einen strafenden Blick zu. Atze scheint es zu kapieren.

„Und du, Atze, was machst du?"

„Ich werde mit Bill etwas unternehmen. Mal sehen, was sich ergibt. Coole Weiber gibt's hier ja nicht!"

Mann, warum konnte er es nicht unterlassen zu provozieren?

Das Wetter ist wieder fantastisch: Die Sonne scheint, und es geht ein leichter Wind, der die Baumwipfel sanft hin- und herbewegt. Einige Wolken ziehen gemächlich über sie hinweg und lassen ihre Schatten weit ins Land fallen. Ralf hat Bob informiert, dass sie beide mitgehen werden. Rosalind will alleine in die Stadt gehen.

6. Die Entdeckung

Der Professor hat seinen dunkelgrauen Anzug gegen knielange Shorts ausgetauscht. Dazu trägt er ein kurzärmliges, buntes Hemd – ein Aufzug, der stark an die deutschen Touristen auf Mallorca erinnert. So viel Wandlungsfähigkeit hat Ralf ihm gar nicht zugetraut. Der Professor steht vor dem Portal, als Bob und Ralf ins Freie treten.

„So, dann wollen wir mal", schlägt er unternehmungslustig vor.

Als Atze vor das Haus tritt, um eine Zigarette zu rauchen, sieht er die drei Männer gerade noch im Wald verschwinden. Er schaut auf die Uhr: kurz vor drei. In diesem Moment kommt auch Bill aus der Tür und schaut prüfend in den Himmel.

„Na, wird sich das Wetter halten?"

Bill ist zwar jünger als Atze, macht aber einen weitaus erwachseneren Eindruck. Vielleicht liegt es an seiner Größe. Er überragt den Anderen um einen halben Kopf. Er ist muskulös und durchtrainiert.

„Und was stellen wir beide jetzt an?

Offensichtlich hat er keinen Plan.

„Jedenfalls will ich nicht mit den Oldies mitgehen", erklärt er.

„Dann sollte wir in diese Richtung gehen."

Atze zeigt in Richtung Norden. Schweigend gehen sie auf den asphaltierten Waldwegen nebeneinander her.

„Hast ´ne Freundin?", will Atze plötzlich wissen und spürt, dass Bill diese Frage überrascht.

„Du nicht?"

„Na ja, kein Wunder, wie du aussiehst ..."

„Wir haben in der Highschool ein Fitnessstudio. Da bin ich oft. Du solltest auch was für deinen Body tun."

Nein, Atze ist mehr der gleichgültige Typ, der für sich nicht so Wert auf das Äußere legt. Wer ihn so nicht mag, muss es eben bleiben lassen.

„Sie heißt Helen. Wir gehen schon zwei Jahre zusammen. Letztes Jahr waren wir mit meinem Cadi unterwegs, mit Zelt und so, war cool. Willst mal ein Bild sehen?"

Ohne eine Antwort abzuwarten, greift Bill in die Tasche und holt eine Geldbörse heraus. Er entnimmt ein Foto und reicht es Atze: Zwei junge Leute stehen vor einem alten hellblauen Cadillac. Sie blinzeln lustig in die Sonne.

„Das is ja eine heiße Braut!"

Obwohl Bill weiß, was Atze jetzt meint, stellt er sich unwissend.

„Ja, es ist ein Cimarron, Baujahr achtundachtzig. Einer der letzten Cadis. Danach wurde die Produktion eingestellt. Er klappert schon mächtig, aber fährt noch ganz gut. Den hatte mein Onkel vorher."

Atze traut sich nicht, weiter zu fragen. Er hat nicht einmal einen Führerschein, geschweige denn einen eigenen Wagen. Die Hälfte der Jungs in seiner Klasse fährt einen eigenen Pkw, von den Eltern oder Großeltern gesponsert. In den Ferien jobbt er auch, aber es bringt nicht viel. Von der Mutter kann er keine Stütze erwarten. Die hat mit sich selber genug zu tun, seit der Erzeuger mit einer Jüngeren durchgebrannt ist. Er redet nicht gern über die Familie. Familie ist für ihn doch „totale Scheiße."

„Mann, ich meinte doch deine Tussi."

„Ja, das is´ne tolle Braut, ist siebzehn. Und deine?"

„Ich lass mir Zeit, hab die Richtige noch nicht gefunden."

Bald sind sie in ein sehr intimes Gespräch vertieft. So offen hat Atze noch nie mit einem anderen Typen über seine Gefühle und die Liebe gesprochen, und auch für Bill scheint dieses Gespräch mehr zu sein als nur belanglose Unterhaltung.

Das Gespräch verbindet die beiden Jungs auf geheimnisvolle Weise; und bald haben sie das Gefühl, Freunde zu sein.

Sie merken nicht, wie sich inzwischen die Umgebung verändert hat: Dunkle Wolken hängen am Himmel. Sie sollten zusehen, irgendwo eine Schutzhütte zu finden. Viel Zeit wird ihnen nicht bleiben. Atze entdeckt an einer alten Eiche das kleine Hinweisschild und macht Bill darauf aufmerksam.

„Komm, wir müssen uns beeilen!"

Gerade noch im richtigen Moment sehen sie die leicht baufällige Holz-überdachung. Mit einem Schlag setzt der Regen ein. Die dicken Tropfen erzeugen ein leises gleichmäßiges Prasseln. Die Luft wird auf einen Schlag frisch und angenehm. Sie haben sich auf die provisorische Holzbank gesetzt und schauen dem Regen zu – ein schönes Bild.

„Mein Vater war schon einmal hier. Er hat immer von dieser Gegend geschwärmt. Er hatte hier sogar eine Braut, stell dir das mal vor!"
Atze lächelt.
„Echt? Ist ja cool!"
Die beiden Jungs schweigen und hängen ihren Gedanken nach. Atze hatte schon davon gehört, dass sich die ausländischen Soldaten im Krieg deutsche Frauen nahmen, die es allerdings später unter den Einheimischen besonders schwer hatten, vor allem auch, wenn dann noch Nachwuchs kam.

„Du, Atze, kann ich dir ein Geheimnis anvertrauen?"
Bill schaut Atze unschlüssig an. Er weiß nicht, ob er darüber mit seinem neuen Freund reden oder es doch lieber für sich behalten soll. Er hat seine Hände tief in die Hosentaschen gesteckt und spreizt die Beine weit von sich weg. Sein Blick ist starr nach vorne gerichtet.
„Wir wissen schon so viel voneinander. Ich denke, wir können uns vertrauen, oder?", gibt Atze zur Antwort.
Bill scheint zufrieden.
„Okay, es bleibt aber wirklich unter uns, ja? Mein Dad ist nicht nur wegen der Kur hier."
Auf einmal wird es totenstill um sie herum. Atze hört nicht mehr die Vögel mit ihren fröhlichen Gesängen oder den Wind, der sanft durch die Zweige streift. Er ist überrascht. Was soll das jetzt? Atze spürt eine geheimnisvolle Spannung in sich aufsteigen und schaut Bill neugierig fragend an. Sofort fühlt sich Bill aufgefordert, weiterzuerzählen. Doch, er ist sich sicher, dass Atze ihn nicht verraten wird.

„Mein Dad hat damals, als er hier war – er war gerade so alt wie wir beide –, an einer Erkundungsmission teilgenommen, die nur aus fünf Soldaten bestand und das Ziel hatte, Bunkeranlagen hier auszuräumen, Kriegsgut sozusagen. Mehr aus Neugierde hatte er sich dazu verpflichtet, freiwillig, obwohl diese Aktion äußerst gefährlich war. Sie bekamen den Befehl, als Vortrupp einen Stollengang zu erkunden. Niemand wusste, ob diese Zugänge vermint waren – was die Militärführung vermutete – und im nächsten Moment in die Luft gingen. Mein Dad machte trotzdem mit. Ganz schön krass von meinem alten Herrn, oder?"

Bill legt eine Pause ein und wartet auf Atzes Reaktion.

„Es hätte leicht danebengehen können. Die Eingänge waren mit riesigen Felsbrocken verschüttet, die sich durch Sprengungen der Felswände gelöst hatten. Zu ihrem Glück hatten sie noch zwei gerettete ortskundige Häftlinge, die sie nach den ganzen Eingängen befragen konnten."

Es regnete immer noch. Von einem Hang plätscherte Wasser wie ein kleiner Bach herab.

„Sie starteten also die Aktion ‚Frettchen'. Ein komischer Name, stimmt´s?" Wieder macht Bill eine Pause

„Er passt aber gut, finde ich. Die Tiere finden sich in unbekannten Gängen und Stollen gut zurecht."

„Doch, ganz schön mutig von deinem alten Herrn", gibt Atze zu.

Die beiden Jungs schauen immer noch dem Regen zu, der alles Grün noch intensiver aufleuchten lässt. Unverhofft bahnt sich ein Gewitter an. Von Weitem ist ein dumpfes andauerndes Grummeln zu hören.

„Wie ging es nun weiter?"

Bill ist aufgestanden und zündet sich eine Zigarette an. Er zieht einige Male daran, um die Glut in Schwung zu bringen.

„Rauchst du auch?"

Er wirft seinem Freund die Schachtel zu, die der gekonnt mit der linken Hand lässig auffängt, zieht den Rauch genüsslich in sich hinein und wartet, bis Atze so weit ist.

„Ist es nicht verrückt? Das soll alles hier irgendwo gewesen sein, hier irgendwo unter den Bäumen und den Felsen."

Wieder hört man ein dumpfes Donnern irgendwo in der Ferne. Das Gewitter kommt anscheinend näher.

„Wie mag es damals hier ausgesehen haben?"

Atzes Stimme ist leiser geworden. Der Regen lässt für einen kurzen Moment nach. Ein Dunst zieht durch die Bäume.

„Wir haben einige alte Fotos zu Hause. Dort ist das Tal zu sehen, ein riesiger Bauplatz mit schwerer Technik und so. Natürlich standen nicht so viele Bäume wie heute hier. Die sind ja erst alle später nachgewachsen. Auf den Fotos kann man Wege und Straßen erkennen. Ich hätte die Fotos mitbringen sollen, mein Vater hätte es allerdings nicht erlaubt. Man erkennt sogar Schienenstränge, die in den Felsen führen, richtige Einsenbahnschienen. Das muss man sich mal vorstellen. Wie groß muss es da drinnen sein, jetzt noch?"

Atze spürt bei dieser Vorstellung einen kalten Schauer über seinen Rücken gleiten.

„So eine Karte wäre jetzt gut, man könnte vergleichen."

Die Jungs schweigen und tauchen erneut in ihre Gedanken ab.

„Ich denke, es ist schwierig, noch strategische Punkte ausfindig zu machen, zumal die russischen Panzer kreuz und quer durchs Geländer gewühlt sind", will nun Atze wissen.

„Wie ging es denn nun weiter mit deinem Dad, wo liegt das Geheimnis? Erzähl endlich, Mann!"

Atze kann es vor Neugierde kaum noch aushalten.

„Okay. Als sie einen kleinen Zugang zum Tunneleingang frei geräumt hatten und bereits ein riesiger langer dunkler Gang zu erkennen war, blieben die anderen Kameraden zurück. Aus Sicherheitsgründen hielten die fünf Männer zueinander einen großen Abstand, und es dauerte lange, bis sie die Hälfte des Stollens erkundet hatten. Dad war begeistert von den mächtigen Ausmaßen dieser Tunnel und der Gänge. Hier konnten richtige schwere Lastzüge entlangfahren."

Als zweifle er selbst daran, schüttelt er leicht mit dem Kopf.

„Mann, das ist doch Wahnsinn!", unterbricht ihn Atze.

„Das kann man sich überhaupt nicht vorstellen."

„Das ist dann alles gesprengt worden, bumm!"

Bill hatte mit den Händen theatralisch eine Sprengung angedeutet.

„Ob das noch alles da unten ist?"

Sie schweigen beide. Denken sie dasselbe? Wie wäre es, wenn sie sich umsehen würden, nachschauen, ob sie noch etwas von den Anlagen entdecken könnten? Sie können von ihrer Schutzhütte aus in der Felswand die zubetonierten Eingänge erkennen. Ob es dort nicht doch noch Möglichkeiten gibt, hineinzukommen? Noch bevor Atze seinen Freund fragen kann, ist der aufgestanden und beginnt, weiter zu berichten.

„Links und rechts waren im Stollen Nebengänge in das Gestein getrieben worden. Das Licht der starken Armylampen glitt geheimnisvoll über die weißgrauen Wände. Vereinzelt lagen Bauwerkzeuge in den Ecken herum, eine Schaufel, eine Spitzhacke, ein Blecheimer. Keiner sprach ein Wort. Viel zu sehr hatten sie sich auf das Neue und Unbekannte konzentriert, um ja keinen Fehler zu begehen. Eine Unachtsamkeit hätte ihnen den sicheren Tod bringen können. In einer in den Felsen gehauenen Nische stand ein Tisch mit drei Stühlen. Über dem Tisch hing eine Pendellampe mit einem dunkelgrünen Glasschirm. Es wirkte auf die Soldaten wie ein verlassener Kontrollpunkt."
Atze ist sich plötzlich unsicher, ob sein Freund berichtet oder eher fantasiert. Es klingt gerade so, als würde er einen poetischen Text auf einer großen Bühne vortragen. Er steht da, mit seinen Händen wild gestikulierend, um das Gesagte zu unterstreichen – wie in einem Theater. Atze muss automatisch lachen. Zu lustig sieht dies aus. Bill lächelt zufrieden zurück und fährt fort, sich in diese Poetenrolle hineinsteigernd.

„Wieder glitten die Lichtkegel der Taschenlampen den Gang entlang, nach vorne in das dunkle geheimnisvolle Nichts. Vielleicht 30 Meter von ihnen entfernt brach sich das Licht an einem Geröllhaufen. Hier war gewaltsam der Gang zerstört worden."
Bill zog an seiner Zigarette, deren Glut kurz aufglomm.
„Waren bereits vor ihnen Stoßtrupps oder andere Leute hier unten gewesen, oder haben es die letzten SS-Soldaten beim Abziehen zerbombt, um den weiteren Zugang zumindest zu erschweren? Die fünf Soldaten waren sich nicht schlüssig, wie sie weiter vorgehen sollten. Mein Dad, mutig, wie er war, hatte sich umgesehen, während die anderen noch unsicher beratschlagten. Plötzlich sah er eine Papprolle unter den Steinen. Sie war von Steinstaub und Schmutz verschüttet, sodass nur das eine Ende, vielleicht gerade mal fünf Zentimeter, hervorstanden. Mein Dad bückte sich, um zu prüfen, ob es sich vielleicht um eine Sprengladung handeln könnte."

Auch Bill ist aufgestanden und beugt sich dramatisch zur Erde.

„Vorsichtig schob mein Dad den feinen Staub zur Seite und traute seinen Augen nicht: Es war eine Schutzhülle, in das ein Stück Leinen eingeschoben war. Einer musste in der Eile diese Rolle hier verloren haben."

Bill zog wieder an seiner Zigarette.

„Ein Bild? Echt, ein richtiges Bild, ein Gemälde?", wirft Atze ungläubig ein.

„Das gibt's doch nicht!"

Doch Bill lässt sich in seinem Bericht nicht stören.

„Vorsichtig zog Dad das Leinen aus der Hülle und schob es unter seine Uniformjacke, ohne dass es jemand bemerken konnte. Hineinzuschauen, die Rolle zu öffnen, das traute er sich nicht. Er fühlte sein Herz vor Aufregung wild rasen.

Er durfte es nicht behalten. Das war ihm klar. Er wollte es aber, er hatte es schließlich gefunden. Er brauchte zunächst einmal Zeit, um nachzudenken. Die anderen Soldaten hatten beschlossen, den Tunnel wieder zu verlassen. Das Risiko, hier vielleicht doch noch auf versteckte Sprengkörper treffen zu können, war ihnen zu groß."

Der Regen hat nachgelassen. Das Donnern wird dafür immer kräftiger; schon schießen Blitze am dunkelgrauen Himmel entlang.

„Und was hat er dann gemacht?"

Atze ist so aufgeregt, dass er rote Ohren hat. Bill lächelt zufrieden. Es macht ihm Spaß, seinen Freund in Spannung zu versetzen.

„Was hättest du denn gemacht?"

Bill schaut Atze frech und herausfordernd an.

„Das weiß ich doch nicht, Mann!"

„Bei sich behalten konnte er es nicht. Er musste sich also etwas einfallen lassen. So besorgte er sich auf der Basis eine leere Munitionshülse von der Flakabwehr, die er von innen sorgfältig säuberte. Das Leinen wickelte er in Pergamentpapier ein und steckte es in die Hülse. Er achtete sehr darauf, dass ihm niemand dabei zusah. Es hätte ihn den Kopf kosten können. Nun musste nur noch alles gut versteckt werden. Doch wo?"

Bill erwartet keine Antwort.

„Ich hätte sie vielleicht auf einem Friedhof vergraben, vielleicht unter einem Grabstein!"

In diesem Moment gibt es einen lauten Knall. Ein Blitz schlägt in der Nähe in eine alte Eiche ein, zerteilt den morschen Stamm laut krachend in zwei ungleiche Hälften. Die Jungs sind so erschrocken, dass ihre Körper sofort mächtig zu zittern beginnen.

„Das hab ich noch nie erlebt", gibt Atze kleinlaut zu.

Bill steht sprachlos mit offenem Mund da und starrt auf den qualmenden Baumstupf.

„Mann, was war denn das? Ich geh hier nicht mehr weg. Ich hab die Hose gestrichen voll. Mann, das war doch nichts Normales, voll krass!"

Nicht weit von ihnen entfernt sind auch die drei Männer erschrocken von diesem Blitz zusammengefahren. Sie können nur nicht sehen, wo er eingeschlagen ist. Der Professor hatte gerade erzählt, den Abend zuvor mit einigen Kollegen gechattet zu haben. Er habe sich im Internet das Material über die letzten Monate des Dritten Reiches angesehen. Dabei sei er auf interessante Beiträge zum Jonastal gestoßen. Vieles habe er schon gewusst, jedoch nicht so detailliert und wissenschaftlich belegt.

Dass man in Ilmenau bereits an der Atombombe baute, war ihm neu; vor allem, dass die Atombombe hätte eingesetzt werden können. So weit war man in der Entwicklung schon. Okay, von dem Atomforschungslabor in Stadtilm hatte er gewusst. Die Berichte der Augenzeugen kannte er jedoch nicht. Was er dort gelesen hat, war so grausam, dass er die Nacht nicht mehr schlafen konnte.

„Das war heftig!", reagierte der Professor.

„Wir sollten uns einen geschützten Platz suchen."

Bob sieht sich um. Der Professor schüttelt nachdenklich den Kopf.

„Ich glaubte schon, dass wir an einem dieser seltsamen Naturphänomene teilhaben können. Manche sprechen von Kugelblitzen, andere von Ufo-ähnlichen Leuchtpunkten. Davon haben Sie aber doch gelesen, Herr Wendler?"

Er schaut erwartungsvoll über die vor ihnen liegende Lichtung.

„Vielleicht wiederholt es sich ja."

Enttäuschung liegt in seiner Stimme.

„Sie deuten das Energiewerk an, stimmt's?", kann sich Bob nicht verkneifen zu fragen.

Sie machen sich weiter auf den Weg. Die Luft ist sauber und duftet intensiv nach Wald, Tannengrün und frischen Pilzen. Sie haben genügend Zeit, bis ans Ende der Schonung zu gehen. Dort gibt es eine Stelle mit einem wunderschönen Ausblick. Er ist in der Wanderkarte eingezeichnet, die der Professor ausführlich studiert hat.

Es muss ein lustiger Anblick sein, sie hintereinander im Gänsemarsch den schmalen Waldweg entlangschleichen zu sehen. Der Schreck sitzt ihnen noch mächtig in den Knochen. Sie schweigen.

An der nächsten Wegbiegung treffen sie auf eine kleine Wandergruppe. Sie grüßen sich mit einem freundlichen „Glückauf". Durch sie erfahren die drei, dass es knapp eine halbe Stunde Fußweg ist, bis sie zum Aussichtspunkt kommen – zu weit, weil sie es nicht bis zum Abendessen schaffen würden. Sie haben dem Professor versprochen, sie würden pünktlich zurück sein.

Als sie den schmalen Waldweg in Richtung Kurhaus gehen, treffen sie auf Bill und Atze. Noch ganz aufgeregt berichten sie von jenem Blitz, den sie als so schrecklich empfunden haben. Er war viel intensiver als die Blitze, die sie von zu Hause kennen.

„Auf jeden Fall war das keine Lichterscheinung, die ihr gesehen habt, von denen manche berichten. Es waren keine Blitze, die wie Feuerbälle aussahen, die plötzlich auftauchten und wild durch die Gegen flogen, richtig?"

Der Professor will sich nochmals davon überzeugen, dass er die Situation richtig einschätzt. Die Jungs können damit nicht viel anfangen.

„So haben die Bewohner dieser Gegend die merkwürdigen Lichterscheinungen beschrieben, die bis heute im Jonastal beobachtet werden. Schade, ich hätte es gern live gesehen."

Der Professor ist stehen geblieben und wartet, bis sich alle um ihn versammelt haben.

„Wisst ihr, dass dies das Resultat von periodisch frei werdender überschüssiger Energie aus einem unterirdischen Kraftwerk sein soll, das sich hier unter uns befindet?"

Er ist tatsächlich auf das kumpelhafte Du übergegangen, ohne es selbst zu merken, und zeigt mit seinem Zeigefinger auf den Waldboden.

„Ein gewisser Doktor Hartmut Müller hat darüber eine interessante Forschungsarbeit geschrieben. Hitler brauchte eine Anlage, die von herkömmlichen Brennstoffen wie Kohle und Öl unabhängig war, die aber gleichzeitig über einen längeren Zeitraum ständig in Betrieb sein musste, um ein unabhängiges Restreich aufrechterhalten zu können. Was nützt einem ein Werk, wenn dazu Kohle und andere Rohstoffe aus dem Ruhrgebiet herangeschafft werden müssen? Das wäre doch viel zu anfällig. Außerdem sollte dieses Kraftwerk zur Verteidigung dienen."

Er legt eine Pause ein, um zu sehen, ob man seinen Ausführungen bis hierher folgen kann. Niemand kommentiert.

„Man konnte hier tatsächlich mithilfe dieses Kraftwerkes über dem Tal künstliche Wolken erzeugen. Das muss man sich vorstellen: Plötzlich war hier nichts mehr zu erkennen. Man sah nur noch dichten Nebel und dicke Wolken."

Der Professor fühlt sich wohl in seiner Dozentenrolle. Die anderen hören ihm interessiert zu.

„Bekanntermaßen bestehen Wolken aus Zusammenballungen von Luftfeuchtigkeit. Die Luftfeuchtigkeit, also der Wasserdampf der Luft, ist vorhanden. Man muss sie nutzen. Wenn man an einer bestimmten Stelle eine künstliche Gravitation erzeugt, dann sammelt sich dort Luftfeuchtigkeit, und es bilden sich Wolken, vielleicht fällt sogar Regen. Nebenbei gesagt: Den Zugang zu diesem Kraftwerk haben die SS-Leute selber gesprengt, damit die Technologie nicht den Alliierten in die Hände fiele. Manche Experten behaupten, das Kraftwerk sei noch heute im Betrieb. Man kann es nicht abschalten. Deshalb gibt es immer wieder diese Energie-Entladungen."

Bob schaut demonstrativ auf seine Armbanduhr. Sie haben nicht mehr viel Zeit. Sie sollten den Weg lieber fortsetzen. Von Weitem sehen sie, dass etwas Ungewöhnliches im Kurhaus passiert sein muss: Zwei Polizeifahrzeuge mit eingeschaltetem Blaulicht stehen vor dem Haupteingang. Die Rundumleuchten wirken bedrohlich auf sie.

„Gut, dass Sie kommen!", begrüßt sie aufgeregt der Kurhausdirektor.

„Das hatten wir noch nie, glauben Sie mir, und es ist mir rätselhaft und äußerst peinlich."

Die Männer begreifen nicht, wovon er spricht.

„Was ist denn überhaupt los?"

Ralf erfasst als Erster die Situation.

„Wir haben einen Einbruch. Während des Gewitters ist bei uns eingebrochen worden: direkt neben Ihrem Apartment, Mister Miller. Ihrer Frau ist nichts passiert, Gott sei Dank!", beruhigt er sofort. „Man hat das Donnern des Gewitters ausgenutzt, um die Türen aufzubrechen."

Als sie durch den langen Gang zu den Wohnräumen gehen, sehen sie die Polizeibeamten, die mit der Spurensicherung beschäftigt sind. Zwei Stühle stehen als Absperrung mitten im Weg. Einige andere Kurgäste schauen dem Treiben neugierig zu.

„Endlich mal etwas los hier, Mann!", kommentiert Atze.

Rosalind Miller geht sofort auf ihren Mann zu.

„Nur gut, dass wir heute die Räume gewechselt haben, Darling! Stell´ dir vor, ich hätte dort drinnen gelegen!"

Ihr Körper zittert, als Bob sie beruhigend in den Arm nimmt.

„Warst du denn zu der Zeit hier, Rosalind?"

Er streichelt ihr sanft über das leicht ergraute Haar.

„Nein, ich war unten im Café, trotzdem: Es hätte ja sein können."

Die Beamten entfernen die Stühle und geben somit die Räumlichkeiten wieder frei.

„Haben Sie etwas gefunden?", will Hansen wissen. Er bekommt nur ausschweifende Antworten. Ralf versteht nicht genau, was die Beamten sagen. Gut nur, dass sie gemeinsam unterwegs waren! Somit müssen sie sich nicht der anschließenden Befragung stellen wie die anderen, die im Haus geblieben waren und angeblich nichts gehört haben. Es muss gerade in dieser Zeit passiert sein, als das Donnern am lautesten war.

„Ich lasse Ihnen meine Visitenkarte hier, falls jemandem etwas einfällt. Bitte rufen Sie mich gegebenenfalls an. Danke!"

Er überreicht dem Kurdirektor seine Karte. „Gert Lange, Hauptkommissar" steht in der oberen Zeile. Das Abendessen verschiebt sich um eine halbe Stunde. Das ist kein Problem.

Sie sind dabei, ihre Teller zu füllen, als Hansen erscheint und sie über den Stand der Ermittlungen informiert.

„Die Polizei tappt vollkommen im Dunkeln. Niemand kann sich denken, warum die Einbrecher gerade in diesem Apartment waren und wonach sie suchten. Es wurde nichts verändert, geschweige denn verwüstet. Und doch gibt es deutliche Anzeichen, dass die Täter etwas gesucht haben müssen; wonach, ist ein großes Rätsel. Die Tür wurde aufgebrochen – der einzige Schaden bei der ganzen Aktion. Man kann sich das alles nicht erklären."

Hansen wirkt hilflos.

Die Angst macht sich bei allen Kurgästen breit, dass sich dieser Vorfall wiederholen könnte – vielleicht in der Nacht, wenn alle schliefen.

„Zwei Ehepaare brechen ihre Kur leider ab und sind dabei, ihre Koffer zu packen. Ich kann mich nur bei Ihnen allen für die Aufregung und alle Unannehmlichkeiten entschuldigen!", beendet Hansen seine Information.

„Lassen Sie sich das Essen trotzdem weiterhin gut schmecken."

Auch Atze und Bill sind durch den Einbruch innerlich aufgewühlt. Sie wollen dennoch nachher ins Jonastal gehen, um weiter ungestört die Umgebung zu erkunden. Endlich ist etwas los. Den Jungs gefällt es. Um nicht aufzufallen, setzen sie sich artig zu den Anderen. Atze beteiligt sich sogar an den Tischgesprächen. Die Themen „Gewitter" und „Einbruch" beschäftigen die Gemüter.

Nach einer Weile haben sich die meisten Kurgäste beruhigt. Einige unternehmen Spaziergänge, andere gehen auf ihre Zimmer, um sich auszuruhen. Bill und Atze sind zufrieden. Sie können sich auf den Weg ins Tal machen.

Das Tal breitet sich still vor ihnen aus, als wäre hier vor Stunden nichts Ungewöhnliches passiert. Vor ihnen liegt das riesige Truppenübungsgelände mit den von Panzern zerfahrenen Wegen mit großen Schlaglöchern. Berge und Pisten für die Übungsfahrten der Kettenfahrzeuge haben sich gebildet – ein wahres Paradies für Crossfahrer. Eigentlich.

Doch hier ist alles abgesperrt. Die großen Warnschilder sind nicht zu übersehen, die den neugierige Wanderer darauf hinweisen, dass hier scharf geschossen wird.

„Hier irgendwo muss es sein!", murmelt Bill vor sich hin und macht Atze neugierig. Wovon redet der jetzt? Es ist noch hell genug, um alles schwach erkennen zu können. Bill kramt in seiner Jackentasche herum. Er holt ein kleines Stückchen Papier heraus. Es ist vollkommen zerknittert und an den Rändern eingerissen.
„Da ist es ja!"
„Krass! Du hast sogar eine Skizze dabei?"
Atze tritt ganz dicht an Bill heran und versucht, etwas auf dem Zettel zu erkennen. Er sieht eingezeichnete Kreuze, Kreise und wellenähnliche Symbole.
„Und was soll das darstellen?"
Bill ist viel zu sehr mit der Skizze beschäftigt, als dass er gleich antworten könnte. Er dreht sie einige Male hin und her und hält sie schräg in Richtung des großen Felsens, der mit seiner abgeflachten Spitze aus den Baumkronen hervorsteht.
„So müsste es stimmen! Aber wo sind die drei Eichen? Ich sehe die drei Eichen nicht. Da drüben stehen welche, aber es sind nur zwei. Irgendetwas stimmt hier nicht, das versteh ich jetzt nicht."
„Willst du mir nicht endlich sagen, was das alles soll? Was ist das für eine rätselhafte Karte? Ich komm´ mir ziemlich bescheuert vor, echt!", protestiert Atze.
„Oh, sorry, natürlich, einen Moment bitte noch!"
Und wieder dreht er die Skizze hin und her.
„Hier ist der Felsen eingezeichnet."
Er deutet mit dem Kopf in Richtung des Felsmassivs, während er mit dem Finger auf die linke Skizzenhälfte zeigt.
„Und hier muss früher ein Teich gewesen sein, den haben sie wohl zugeschüttet. Hier müssten drei uralte Bäume stehen: drei Eichen oder Linden in einer Gruppe, dicht nebeneinander, und die fehlen."
Bill ist offensichtlich ratlos.
„Und wenn die Russen die Bäume gefällt haben, weil sie ihnen beim

Panzerfahren im Weg standen?"

Das könnte natürlich sein.

„Nehmen wir an, die Bäume stünden noch da."

Bill zeigt mit der rechten Hand in die Ferne.

„Daneben, etwa 100 Meter entfernt, soll ein Bunkereingang sein. Siehst du so etwas?"

Die beiden Jungs starren suchend in die Gegend. Überall sind inzwischen Sträucher und kleine Bäume gewachsen. Seitdem das Geländer nicht mehr von den Kettenfahrzeugen befahren wird, haben junge Birken, Pappeln und Sanddornsträucher ihre Chancen genutzt.

„Das sieht dort aus wie im Urwald. Und was ist mit dem Bunkereingang? Die wurden doch alle gesprengt! Da können wir von hier aus nichts sehen. Wir müssen dichter heran, wenn wir etwas finden wollen."

Bill schweigt nachdenklich.

„Es ist militärisches Sperrgebiet. Die schießen uns die Eier weg, wenn sie uns sehen."

„Du, Atze, ich bin Amerikaner. Wenn die mich erwischen, bin ich für sie ein Spion."

Das sieht Atze ein.

„Wir müssen bis Mitternacht warten, wenn es dunkel geworden ist. Am besten, wir gehen erst wieder zurück."

„Ja, deine Alten warten bestimmt schon auf dich."

Der Weg zurück erscheint den beiden viel kürzer. Atze gibt nicht eher Ruhe, als bis er das Geheimnis um die Skizze erfahren hat. Wieder kreisen seine Gedanken um Bills Rätsel: Ob sie wirklich das versteckte Gemälde finden? Irgendwo in einem dieser Stollengänge hat er es in einer Wand versteckt. Warum sucht der alte Herr nicht selbst danach? Er muss am besten wissen, wo er zu suchen hat. Oder ist ihm das zu gefährlich? Meint er, es sei weniger auffällig, wenn Jungs die Gegend durchstöberten? Vielleicht hat er sogar recht.

Im Kurhaus angekommen, steht erneut ein Polizeiauto vor dem Eingang.

„Was wollen denn die schon wieder?"

Atze macht die Polizeipräsenz unsicher, obwohl es ihn ja alles kaltlassen kann. Seinetwegen müssen sie nicht hier sein.

„Keine Ahnung; vielleicht ist ihnen noch etwas eingefallen."

„Wir sehen uns nachher, sagen wir: um zehn?"

Direktor Hansen ist nicht erfreut über den erneuten Besuch der Beamten, hoffte er doch, dass endlich wieder Ruhe in das Kurhaus einkehren würde.

Stattdessen sind sie im Büro und schauen sich die Gästelisten gründlich an. Irgendwo hier vermuten sie die Lösung für die Rätsel des Einbruchs.

„Hier haben wir doch schon etwas."

Hauptkommissar Lange zeigt mit dem Finger auf einen Namen.

„Nach dieser Liste ist das Apartment von einer Familie Miller für zwei Wochen gebucht, 3 Personen, Eltern mit einem Sohn. Als wir es aber untersuchten, war es leer. Wie kommt das?"

In diesem Moment fällt Hansen ein, dass sie am Vormittag die Familie Miller umquartiert haben. Sollte der Einbruch irgendwie mit den Millers in Zusammenhang stehen? Er kann es sich nicht vorstellen. Warum nur wurde im Zimmer nichts verwüstet?

„Wo finden wir die Millers jetzt?", will der Hauptkommissar wissen.

Es sind wieder einige Regenwolken aufgezogen und lassen die Nacht zeitiger hereinbrechend erscheinen. Die beiden Jungs haben sich in der Zwischenzeit eine Taschenlampe besorgt. In ihren Gummistiefeln und dunklen Klamotten gehen sie los. Sie sind in der einbrechenden Dunkelheit kaum zu erkennen. Atze findet diese Aktion unheimlich spannend. Er spielt den coolen Typen, den nichts aus der Ruhe zu bringen vermag.

„Haben wir alles? Du hast deinen Eltern nichts davon gesagt, oder?", will er von Bill wissen.

„Wir haben für den Notfall ein Handy dabei."

Die beiden Jungs wollen alles auf eigene Faust machen.

„Nö, meine Eltern pennen auch schon."

Je tiefer sie in die Nacht gehen, umso unheimlicher kommt es ihnen vor. Ob es hier wilde Tiere gibt, die Menschen anfallen? Man hat von Wölfen oder Bären im Thüringer Wald erzählt. Überall hören sie Knacken im Gehölz und sonderbare Schreie verschreckter Vögel. Der Weg kommt ihnen doppelt so lang vor. Die Lampe ist nicht eingeschaltet, um nicht von anderen Leuten gesehen zu werden.

Schon sind sie wieder an der Weggabelung. Jetzt müssen sie rechts herum und versuchen, den Hang im Dunkeln zu bewältigen. Der Erdboden ist vom Regen feucht und rutschig. Sie müssen vorsichtig sein. Als Bill vor Schreck aufschreit, ist es bereits zu spät: Er rutscht auf seinem Hosenboden den Lehm- und Geröllabhang hinunter. Die Dornensträucher zerkratzen seine Hände und das Gesicht. Es brennt fürchterlich. Ob die Wachposten sie gehört haben? Die beiden Jungs halten den Atem an und lauschen angestrengt in die Nacht. Ein Uhu mit seinem unheimlichen Lockruf ist zu hören, weiter nichts. Atzes Oma hat gesagt, er sei der Totenvogel, der mit seinem Ruf die Menschen ins Jenseits locke.
„Weiter, vorsichtig, Mann!"

Atze geht voran, nur einen Schritt von Bill entfernt.
„Und wie wollen wir im Dunkeln den Eingang finden?"
Sie sehen nur ganz schwach die Umrisse der Sträucher und Bäume. Überall liegen Steine und Felsstücke herum. Es dauert lange, bis sie endlich an der richtigen Stelle sind. Vorsichtig tasten sie den Boden ab. Dichte Sträucher versperren ihnen wieder den Weg. Dahinter kann sich vieles verstecken. Bill bemerkt einen großen behauenen Stein und kurz darauf einen zweiten.
„Hier könnte es sein, komm mal her!"
Alex muss sich bücken, um unter den Ästen durchzukommen. Er ertastet mit seinen Händen die Steine. Bald erfühlen die beiden tatsächlich einen Eingang. Jemand hat die Steine bereits weggeräumt. Zwischen den Sträuchern und dem Felsen verläuft in entgegengesetzter Richtung ein Pfad. Sie hatten ihn nicht bemerkt, weil sie aus der falschen Richtung kamen. Vorsichtig ertasten die Jungs die Öffnung. Ohne einen

Laut von sich zu geben, gehen sie hinein. Was passiert, wenn dort irgendein Tier drinnen ist und in panischer Angst an ihnen vorbeiflüchtet? Atzes Herz schlägt ihm bis zum Hals hoch. Er lässt Bill vorangehen.

Ein muffiger Geruch schlägt ihnen entgegen. Wo sind sie hier? Sie trauen sich kaum, einen Fuß vor den anderen zu setzen. Atze hat den Arm seines Freundes ergriffen, um nicht alleine zu sein in diesem schwarzen, tiefen Loch.

„Komm, mach das Licht an!"
Es ist Atze unheimlich. Ihre Augen schmerzen, als die Lampe grell aufleuchtet. Einige Nachtvögel sind vom Licht aufgeschreckt und flattern wild durcheinander. Die beiden Jungs halten die Hände vors Gesicht. Ihre Augen sind das Licht nicht gewohnt und brauchen Zeit, um überhaupt etwas zu erkennen.
„Wow, was ist das?"
Bill leuchtet mit der Lampe die Umgebung ab. Sie stehen in einem Nebengang zu einem stollenartigen riesigen Tunnel. Die Felsenwände sind grob behauen und weiß gekalkt. Der Fußboden ist mit Beton glatt gestrichen. Wo sind sie hier?
Sie betreten den Tunnel, der unendlich lang zu sein scheint. Weit können sie mit der Taschenlampe nicht sehen. Der Tunnel ist durch kleine Nischen unterbrochen. Die Anlage ist so breit, dass ein großes Fahrzeug hier bequem entlangfahren kann. Notfalls kann man in die Nischen ausweichen.
„Total krass!"
Atze ist begeistert.
„Hättest du das vermutet?"
Seine Stimme hallt lange nach, obwohl es eher ein Flüstern war. Es hört sich gespenstisch an. In einer Nische steht ein Tisch mit zwei Stühlen. Das sieht überhaupt nicht aus, als wäre hier längere Zeit niemand gewesen.
„Was machen wir jetzt? Verschwinden wir wieder?"
Atze zeigt mit der Taschenlampe auf den Tisch.

„Das haben hier die Bundeswehrposten eingerichtet, garantiert. Die ziehen sich hierher zurück, wenn es ihnen draußen zu warm oder zu langweilig wird", versucht Bill zu erklären.

„Wir müssen weiter. Wenn ich mich nicht irre, gibt es rechts einen kleinen Lufttunnel. Dort muss hinter einem dreieckigen Stein die Hülse versteckt sein, wenn es der richtige Tunnel ist. Der Stein lässt sich herausziehen, hat mein Dad gesagt."

Als Bill im Lichtstrahl steht, erschrecken die Jungs angesichts des riesigen Schattens, der sich an der Wand gespenstisch abzeichnet. Einige Fledermäuse schwirren dicht an ihren Köpfen vorbei. Es ist eine eigenartige Luft hier im Felsinneren: kalt und feucht zugleich.

„Ich finde es gruselig hier, du nicht?"

Bill antwortet nicht. Ihm ist auch unheimlich, er will es jedoch nicht zugeben. Schon allein das Wissen, dass sie hier im Sperrgebiet sind, gibt diesem Abenteuer einen gewissen unberechenbaren Kick.

„Wollen wir nicht später noch einmal herkommen? Ich hab ein ungutes Gefühl. Wir wissen doch jetzt, wo es hineingeht; und wenn wir morgen am Tag hergehen, dann können wir vielleicht mehr sehen."

Davon will Bill nichts wissen.

„Wir hätten jemandem sagen sollen, wo wir sind", gibt Atze zu bedenken. Er hat Mühe, seine Angst unter Kontrolle zu bekommen.

„Angenommen, die erwischen uns hier und sperren uns ein."

„Na und? Dann sind wir morgen wieder draußen. Mein Dad wird schon dafür sorgen, glaub mir!"

„Aber der weiß doch überhaupt nicht, dass wir hier sind."

Atze ahnt, wie gefährlich dieses Abenteuer ist. Vielleicht hätten sie es doch nicht tun sollen. Aber jetzt ist es zu spät.

„Für den Notfall hab ich mein Handy mit", versucht Bill seinen Freund zu beruhigen.

„Das Handy hat hier drinnen keinen Empfang, Bill, glaub mir!"

Sie müssen vorsichtig gehen. Im Gang liegen Gegenstände herum. Gerade ist Atze gegen eine leere Blechbüchse getreten und verursacht ein lautstarkes Geräusch, das hier lauter zu hören ist als im Freien.

„Mist, verdammte Scheiße! Hab´ ich mich erschreckt!"

Bill ist bei diesem Scheppern zusammengefahren. Kurz darauf können sie im Lampenschein den Anfang eines Seitenganges erkennen. Er hält den Lichtstrahl der Taschenlampe in die Nische, die bei dieser Entfernung einen dunklen Schatten zur Seite wirft.

„Das muss sie sein. So hat mein Dad den Gang beschrieben, genau so. Rechts hinter der Ecke steht ein großer Ventilator, der die Frischluft von außen ansaugt. Mal sehen, ob der da ist."

Bill geht mit großen Schritten voran. Atze kann kaum mithalten. Der Schein der Lampe leuchtet weiter in die Dunkelheit des schmalen Ganges und trifft auf ein großes Schutzgitter vor dem Propeller, der gewaltig aus dem Blechkasten herausragt.

„Da ist er ja, Atze! Wir sind richtig, sieh her. Komm, hier hinten muss der Wanddurchbruch sein!"

Der Lichtstrahl dringt weiter unruhig voran.

„Warte mal, Atze! Hier stimmt etwas nicht. Hast du es auch gehört?"

Kaum, dass Bill zu Ende gesprochen hat, fliegt seine Lampe durch die Luft. Es scheppert laut, als sie auf dem Betonboden landet. Bill hat aus dem Dunkel einen Schlag auf den Arm bekommen und schreit in diesem Moment vor Schmerzen laut auf.

Atze hört ein tierisches Gerangel in seiner Nähe. Er kann es aber nicht orten. Wegen der Dunkelheit kann er auch nicht eingreifen. Sein Blut erstarrt vor Schreck in den Adern.

„Bill, um Gottes willen, was ist denn los?"

Atze spürt, wie das Herz in seiner Brust stockt. Panik hat ihn ergriffen. Soll er weglaufen? Doch wohin? Es ist vollkommen dunkel. Kann er außerdem seinen Freund hilflos zurücklassen? Seine Beine werden butterweich. Vor Angst fängt er an zu heulen.

„Bill, sag doch was!"

Ein Rascheln ist zu hören. Dann wird es urplötzlich hell, viel zu hell. Die Augen schmerzen wahnsinnig. Sie müssen sich erst an das grelle Licht gewöhnen, bis sie überhaupt etwas wahrnehmen.

Atze hat automatisch seinen Arm schützend vor das Gesicht gehalten und wagt vorsichtig, mit schmerzenden Augen die Umgebung zu erfassen. Nun sieht er Bill, der von zwei Männern am Boden festgehalten wird. Sie tragen keine Uniformen, was Atze sofort auffällt. Es ist also kein Wachpersonal. Schon greift aus dem Dunkel ein Dritter nach Atze und wirft ihn auf den harten Betonboden. Der Griff ist hart und brutal. Der Junge kann so schnell überhaupt nicht reagieren. Er landet auf seinen Knien, die höllisch zu schmerzen beginnen.

„Bist du okay, Bill?"

Bill nickt kurz.

Die Angreifer haben ihm einen Knebel vor den Mund gebunden. Offensichtlich wollen sie so verhindern, dass er redet. Mit einem schmerzhaften Ruck bekommt auch Atze die Hände auf den Rücken gefesselt und einen alten Stofffetzen über dem Mund verknotet. Der Lappen stinkt entsetzlich, und Atze hat Mühe, nicht zu erbrechen. Was können sie nur tun? Verzweiflung macht sich breit.

Inzwischen hat einer der Angreifer eine Kerze angezündet und sie zum Kopfende der beiden Jungs auf den Boden gestellt. Die schwache Flamme flackert unruhig hin und her – das einzige Licht, das ihnen im Moment bleibt. Der Boden ist hart und kühl. So plötzlich die Fremden gekommen sind, entfernen sie sich wieder und lassen die beiden Jungs auf dem feuchten Betonboden liegen.

Ihre Schritte hallen lange nach. Was gäbe Atze darum, mit Bill reden zu können. Sie schauen sich beide im schwachen Schein der Kerze an. Bill versucht aufmunternd zu grinsen, was eher einer Fratze ähnelt. Atze hat es trotzdem verstanden. Er runzelt seine Stirn. Ob Bill dieses Signal gesehen hat? Es soll heißen: „Wir kommen hier wieder heil raus, bestimmt. Es wäre gelacht, wenn wir beide nicht die Sieger bleiben würden, oder?"

Atze spürt immer noch die Schmerzen in den Knien, durch den Aufprall auf den harten Beton verursacht. Warum waren sie nur so naiv zu glauben, hier einfach ungesehen hineinspazieren zu können? Warum haben sie nicht Bills Dad Bescheid gesagt über ihr Vorhaben? Niemand weiß, wo sie stecken.

Wenn die drei Unbekannten nicht wiederkommen, was dann? Nein, Atze will nicht weiter darüber nachdenken, bestimmt nicht. Niemand denkt gern über seinen eigenen Tod nach – jedenfalls nicht, wenn man so jung ist wie sie. Zu verhungern und zu verdursten, ist nicht der schönste Tod. Obwohl es hier im Stollen kühl ist, beginnt Atze zu schwitzen. Er fühlt sich abscheulich elend. Bill schaut ratlos zu ihm herüber.

„Mann, was haben wir nur gemacht?", sagen seine Blicke.

 Vielleicht könnte er mit seinem Arm in die Nähe der Kerze kommen und versuchen, den Strick damit durchzubrennen? Es wird wahnsinnig wehtun, das ist Bill klar. Eine andere Möglichkeit haben sie jedoch nicht, um wieder freizukommen. Sie können nicht abwarten, bis die Kerze ausgeht und diese kleine Chance vertan ist.

Vorsichtig schiebt Bill seinen Körper an die Kerze heran. Langsam bewegt er seine Hände der kleinen Flamme entgegen. Es brennt einige Male entsetzlich, wenn er mit seinen Händen zu dicht über der Flamme ist. Ein übel riechender Geruch von verbranntem Fleisch breitet sich aus. Nur gut, dass er ein T-Shirt trägt und keine Jacke, die sofort Feuer fangen würde! Die Schmerzen sind fast unerträglich, und Bill zieht ruckartig den Arm zurück.

Etwas zu ruckartig, denn in diesem Moment fällt die Kerze um, und die Flamme erlischt sofort. Es ist vollkommen dunkel um sie herum. Nun bleibt ihnen nichts weiter übrig, als abzuwarten – zu warten auf den neuen Tag, dessen Sonne sie hier drinnen wohl kaum zu sehen bekommen werden. An Schlafen ist bei den beiden Jungs jetzt nicht zu denken.

7. Der Verdacht

Die Wanderung am Vortag hat ihnen allen gutgetan. Die frische Luft und die absolute Stille wirkten wie ein Wunder und ließen die Aufregungen vom Vortag schnell verschwinden.

Ralf hat tief und gut geschlafen und ist rechtzeitig zum Frühstück erschienen. Für heute ist die Ausfahrt in die weitere Umgebung geplant, an der sich alle beteiligen sollen. Auf dem Programm stehen die Wartburg in Eisenach und ein Besuch des Konzentrationslagers Buchenwald – ein Termin, der nie ausgelassen wird. Deshalb ist die Frühstückszeit auf eine halbe Stunde begrenzt. Der Koch hat eine Fülle von Köstlichkeiten und warmen Speisen zubereitet. Es wird kein Mittagessen geben. Jeder soll sich reichlich satt essen und genug Proviant mitnehmen. Die nächste Mahlzeit gibt es erst am späten Nachmittag, wenn sie von ihrer Tour zurück sein werden.

Die erste Gruppe der Kurgäste hat bereits die Teller genommen und ist dabei, die Köstlichkeiten auszuwählen. Ralf schaut zu ihrem Tisch hinüber und wundert sich, dass Atze noch nicht da ist. Wenn es ums Essen geht, ist er doch sonst nie der Letzte! Auch dem Professor fällt es sofort auf, der direkt hinter Ralf am Buffet steht.

„Nanu, wo ist denn unser spät pubertierender Sprössling?"

Vor Ralf steht wieder diese vollleibige Dame mit ihrem extremen Schweißgeruch, dem er absichtlich aus dem Wege zu gehen versucht. Er hält mehr Abstand, ohne dass er die Lücke zu groß werden lässt, um nicht von den anderen zurückgedrängt zu werden. Ob sie sich nicht geduscht hat, dass sie schon am frühen Morgen so übel riecht?

„Heute werde ich mir zum Frühstück ein Fläschchen von dem edlen Weißwein gönnen."

Der Professor hat eine kleine Flasche auf das Tablett gestellt.

„Meine Frau sagte mir gerade, Bill sei gestern Abend nicht zurückgekommen. Wisst ihr, wohin die beiden Jungs wollten? Bill war nicht in seinem Zimmer."

Ralf hat nicht bemerkt, dass Bob hinter ihnen steht. Er scheint besorgt zu sein.

„Vielleicht haben sie ein paar Mädchen getroffen oder sind in einer Dorfkneipe hängen geblieben. Mein Gott, wir waren doch auch mal jung! Lassen wir den Jugendlichen doch ihre Freiheiten!"

Ralf merkt, dass seine Äußerungen nicht auf Zuspruch treffen. Bob macht sich offensichtlich große Sorgen.

„Macht er das öfter?"

Bob verneint. Es sei vorher nie vorgekommen.

„Wenn er einmal länger wegbleibt, sagt er stets Bescheid."

„Sehen Sie, meine Herren, das ist der negative Einfluss eines gewissen Atze."

Der Professor lächelt genüsslich vor sich hin.

„Wir warten, bevor wir etwas unternehmen, okay?"

Bob ist zögernd einverstanden.

Ein kurzer Blick auf die Uhr zeigt: Es ist halb neun. Sie sind die letzten Kurgäste, die frühstücken gehen. Mein Gott, was ist dabei, wenn die Jungs woanders übernachten? Außerdem sind sie zu zweit. Was soll da passieren?

Die Hähnchenkeulen auf dem warmen Buffet haben es Ralf angetan. Sie sehen sehr lecker aus und machen ihm Appetit. Er legt sich zwei davon auf seinen Teller.

Bob und Rosalind schauen immer öfter auf die Uhr. Sie sind aufgeregt. Wieder redet Rosalind auf ihren Mann ein. Sie gestikuliert wild mit den Händen. Plötzlich springt sie von ihrem Platz auf und hätte dabei beinahe den leichten Tisch umgerissen. Die anderen Gäste haben natürlich alles mitbekommen. Rosalind verlässt wütend den Raum. Bob läuft ihr hinterher. Sein Essen lässt er unberührt stehen.

„Sind komische Leute, diese Amis!", kommentiert der Professor.

Na ja, langsam macht Ralf sich auch Sorgen, obwohl er mit den beiden Jungs nichts weiter zu tun hat. Hätten die nicht wenigstens anrufen können? Vielleicht ist ja tatsächlich etwas passiert? Er geht nachdenklich auf sein Zimmer, denn er erwartet einen Anruf seiner Familie.

Als er wieder ins Freie tritt, ist von Bob und seiner Frau nichts zu sehen. Ralf erfährt im Bus, dass sie sich für die Ausfahrt abgemeldet haben. Sie werden sich um Bill kümmern wollen, was natürlich jeder verstehen kann.

Atze will seine Hände bewegen. Sie schlafen immer wieder ein. Langsam rollt er sich zur Seite und stößt ungewollt gegen Bill. Wie spät mag es sein? Warum passiert hier nichts? Bills Eltern müssen inzwischen doch bemerkt haben, dass sie nicht zurückgekommen sind. In Atzes Kopf kreisen die Gedanken wild durcheinander. Wenn er sich nur mit Bill unterhalten könnte! Seltsam, dass er sich jetzt besonders verlassen fühlt. Er denkt an zu Hause. Warum waren seine Eltern nicht mehr zusammen? Es war doch immer so schön gewesen: Jedes Jahr sind sie irgendwohin in den Urlaub gefahren, meistens ans Meer. Auch sonst haben sie so viel unternommen, bis diese andere Tussi plötzlich auftauchte und ihm seinen Vater wegnahm.

Seitdem war auch die Mutter nur noch gereizt und oft unerträglich. Vielleicht hätte er ihr mehr beistehen sollen in dieser Zeit? Wie oft saß sie abends vor dem Fernseher und starrte nur noch mit versteinertem Gesicht vor sich hin! Hätte er sich vielleicht doch lieber mal zu ihr setzen sollen, anstatt zu den Freunden zu gehen? Aber er kam doch selber nicht mit der ganzen Situation klar. Wie sehr vermisste er doch den Vater! Atze kam meistens erst in den Morgenstunden nach Hause, wenn sie schon im Bett lag.

Ein leises Stöhnen lässt Atze aufhorchen. Verzweifelt versucht er vergeblich, die Hände freizubekommen. Was ist mit Bill? Atze versucht irgendetwas zu erkennen. Die Dunkelheit um sie herum ist aber gnadenlos.

Wie sehr hatte Atze sich immer einen Bruder gewünscht, so einen wie Bill! Wenn andere als Familie unterwegs waren, blickte er ihnen neidisch hinterher. Bill ist bestimmt ein guter Freund. Wenn er jetzt nur mit ihm reden könnte!

Plötzlich hören sie Schritte, mehr schleichend als forsch. Es sind Männerschritte. Kalter Schweiß bildet sich auf Atzes Rücken. Aus Angst bekommt er eine Gänsehaut. Was wird passieren? Sind es die Wachposten, die ihren Rundgang machen, oder die drei unbekannten Typen? Hoffentlich sind es die Wachposten!

Die Körper der Jungs schmerzen. In den Händen haben sie kein Gefühl mehr. Bill konnte die Nacht kein Auge schließen. Er macht sich große

Vorwürfe, Atze in diese Aktion hineingezogen zu haben. Er hätte ihm nichts von dem geheimen Versteck und dem verborgenen Gemälde erzählen sollen.

Die Schritte werden lauter. Der Schein einer Lampe tänzelt näher kommend im Takt der Schritte geisterhaft den Gang entlang. Der Lichtkegel erfasst die leblos daliegenden Körper am Boden. Was wird geschehen? Einer der Männer hängt seine Lampe an die Decke. Dadurch verbreitert sich der Lichtkegel erheblich, und die beiden Jungs können erkennen, dass es tatsächlich die drei Männer sind. Sie sind nicht sehr groß, aber schlank, dunkelhaarig und unrasiert. Ihre Kleidung wirkt schmutzig und alt. Etwas ist an ihnen auffällig. Atze kann nicht sagen, was es ist. Der Kleinste, wohl auch der Jüngste, beugt sich zu ihnen herunter, ohne ein Wort zu sagen. Überhaupt hat noch keiner von ihnen ein Wort gesprochen. Er löst die Nylonknoten und nimmt ihnen die Lumpen aus den Mündern. Es ist eine Wohltat, als sie wieder den total ausgetrockneten Mund normal bewegen können. Atze versucht zu sprechen. Überall kratzt es im Hals. Die Stimme versagt ihm den Dienst. Langsam bildet sich etwas wohltuender Speichel. Immer wieder versucht er durch Schluckbewegungen, die kostbare Feuchtigkeit zu verteilen.

„Was ist denn hier los? Wer seid ihr? Was wollt ihr von uns?" Atze schreit den Jungen an. Er versucht es zumindest.

„Ach, halt die Fresse!"

Der osteuropäische Akzent ist nicht zu überhören. Was wollen die? Was haben sie mit diesen Kerlen zu schaffen? Atze erinnert sich an einen Zeitungsartikel in der „Berliner Zeitung", da ging es um osteuropäische Banden. Meist waren es Familienverbände, die wie Heuschrecken über unser Land herfielen. Er fand damals diesen Vergleich besonders cool. Die fielen professionell und blitzschnell in Geschäfte ein und ließen alles mitgehen, was wertvoll ist. Angefangen von einem Designerbrillengestell von Fielmann bis hin zur modernsten Elektronik war vor ihnen nichts sicher. Doch das war in Berlin und in München und in anderen Städten. Was wollen die aber, wenn es sich überhaupt um diese Banden handelt, hier im Jonastal, hier in der verschütteten Stollenanlage? Hier gibt es doch nichts zu holen! Vielleicht ist dies hier aber das geheime Versteck, wo sie ihre Beute einlagern? Denkbar wäre dies.

„Macht uns diesen blöden Strick ab, das hält doch keine Sau aus!"
Offensichtlich kann nur der kleine Typ Deutsch verstehen. Er sagt in einer fremden Sprache etwas zu seinen Kumpels. Sie sind sich nicht einig, ob sie das Risiko eingehen sollen, die Fesseln zu lösen. Endlich zieht der Kleine ein leicht gebogenes Messer aus seinem Stiefel und schneidet die Handfesseln damit auf. Die Beine bleiben weiterhin zusammengebunden. Atze hat Durst. Der Mund ist immer noch ziemlich trocken, ausgetrocknet durch die ekelhaften Lumpen. Das Sprechen fällt immer noch schwer. Die Zunge klebt immer wieder am Gaumen.
„Woher kommt ihr?"
Er ist kaum zu verstehen.
„Halt´s Maul, frage nicht so viel!"
Die beiden Anderen lassen es sich übersetzen.

„Halt´s Maul!", wiederholt nun plötzlich mit tiefer Stimme der Ältere von ihnen. Offensichtlich will er zeigen, wer bei ihnen das Sagen hat. Er ist unverkennbar der Boss. Atze schaut zu Bill herüber.
„Bist du okay?"
Bill nickt.
„Was habt ihr hier zu suchen?", will der Kleine wissen und stößt Bill in die Seite, weil er nicht sofort eine Antwort bekommt.
Bill stöhnt auf.

Atze hat alles beobachtet empfindet mächtig Wut in sich. Seine Hilflosigkeit und die brutale Gewalt machen ihm mächtig zu schaffen.
„Und ihr? Was macht ihr hier?"
Atze staunt über seinen Mut.
„Halt´s Maul!", kommt aus der dunklen Ecke, in die sich die beiden anderen zurückgezogen haben. Sie sind in der Dunkelheit nur zu erahnen. Aus der Dunkelheit hört man ein plätscherndes Geräusch. Einer von ihnen scheint zu pinkeln. Kurz darauf riecht es streng nach Urin.
„So, dann wir wollen doch mal sehen, was ihr habt in den Taschen. Los, holt alles raus und hierher legen auf den Boden!"
Nur widerwillig kramen die beiden Jungs ihre Taschen leer: eine fast leere Geldbörse mit einem Foto, Zigaretten, ein Feuerzeug, eine Packung

Tempo-Taschentücher und einen Zettel, den Bill zusammengeknüllt verschwinden lassen will. Der Kleine hat es sofort mitbekommen und hebt das Papier auf.

„Was wir denn da haben?"

Er streicht den Zettel glatt und schaut sich die Skizze an.

„Was ist das?"

Bill ärgert sich, dass er so ungeschickt war. Hoffentlich merken die nicht, dass er sein Handy immer noch bei sich trägt! Es ist ausgeschaltet. So könnten sie im Notfall eine Verbindung nach draußen herstellen.

„Eine Skizze, das siehst du doch!"

Der Kleine hat sich mit dem Papier direkt unter die Lampe gestellt.

„Ja, klar, ich sehe. Und wofür ist die Skizze?"

Bill schweigt.

Inzwischen sind auch die beiden anderen Typen hellhörig geworden und treten in den Lichtschein der Lampe. Bill und Atze verstehen kein Wort. Die Sprache ist ihnen fremd.

„Tja, Jungs, wir euch müssen leider bei uns behalten, das versteht ihr schon gut, ja?", wendet sich schließlich der Kleine an Bill und Atze.

„Ihr scheint ja zu sein interessante Typen", setzt er ironisch nach. „Vielleicht wir sollten gemeinsam auf Schatzsuche gehen?"

Er grinst hämisch.

„Das ist nichts, wirklich nichts!", versucht Atze die Situation zu entschärfen.

„Halt's Maul!", meldet sich der Große, der von seinen Kumpels „Timo" genannt wird. Offensichtlich ist das alles, was er auf Deutsch sagen kann.

„Leute, wir haben Hunger!"

Bill spürt ein flaues Gefühl im Magen.

„Tja, ihr da habt wirklich Pech. Wir hier nichts haben außer frischem Paprika und etwas Schafskäse. So etwas ihr verwöhnten Jungs sowieso nicht esst, und dann noch am frühen Morgen. Da ihr müsst schon noch etwas warten."

Der Kleine grinst sie frech an.

„Wenn ihr uns sagt, was ist auf der Skizze, dann wir können natürlich darüber reden."

Atze ist wütend. Am liebsten würde er dem Kleinen ins Genick springen.

„So, wir noch einiges haben zu tun: ein neuer Tag – ein neues Glück. Jungs, zeigt mal eure Hände! Wir sie müssen leider wieder fesseln. Ihr versteht, dass wir euch nicht können laufen lassen. Vielleicht wir stoßen heute auf unseren Schatz. Wenn wir dann weg sind, dann ihr könnt wieder zu Mami und Papi gehen. Wir sind ja keine Unmenschen."

Er hatte das ‚unseren‘ sehr betont. Sein freches Grinsen liegt immer noch auf seinem Gesicht.

„Was für einen Schatz? Hier gibt es keinen Schatz!"

In Bills Stimme liegt Angst.

„Nein? Und warum ihr kraucht dann mit einer Skizze nachts hier herum? Ihr sucht doch auch, genau wie wir, nach versteckten Schätzen; sogar vielleicht nach Bernsteinzimmer? Ihr nicht denken, wir Rumänen sind doof!"

Atze schweigt.

Aus Rumänien also sind die Männer. Vor vier Jahren hat er dort Urlaub gemacht. Es war der letzte gemeinsame Urlaub mit seinem Vater. Seltsam, dass er die Sprache nicht sofort wiedererkannt hat! Viele Rumänen sind bettelarm, das weiß Atze. Durch die langjährige Diktatur Nicolae Ceausescus ist die Wirtschaft total am Boden und kann sich nur langsam wieder erholen. Kein Wunder, dass sie durch den EU-Beitritt ein großes Stück vom Kuchen abhaben wollen. Atze versteht nur nicht, warum das kriminell geschehen muss. Der Kleine sieht nicht aus wie einer, der jemandem etwas antun könnte. Er hat auffallend schlanke Hände und einen schmächtigen Körperbau. Er könnte Musiker sein, Geiger vielleicht oder Pianist.

„Habt ihr denn schon etwas entdeckt?"

Bill schaut Atze wegen der Frage verwundert an. Was soll das jetzt? Warum redet Atze auf einmal so vertraut mit dem Kleinen? Was hat er vor? Die beiden anderen schauen aufmerksam in Atzes Richtung, obwohl sie nichts verstehen. Fehlt nur noch, dass der Große wieder brüllt! Nein, er schweigt. Plötzlich kommt stattdessen eine leere Bierdose durch die Luft geflogen und verfehlt nur knapp Atzes Kopf.

Die Jungs verstehen und schweigen.

Der Kleine bindet den beiden Jungs wieder die Hände zusammen. Er scheint Mitleid mit ihnen zu haben. Jedenfalls ist er ein wenig freundlicher als vorher. Atze kann seine Hände leicht auseinanderdrücken, als der die Knoten bindet. So hat er genügend Platz, seine Finger und Handflächen zu bewegen.

Dann aber stößt die Hand des Rumänen zufällig an Bills Hose. Wie ein Stromschlag durchzieht es den jungen Amerikaner. Was wird passieren? Sofort packt der Kleine zu und erfühlt das Handy. Er holt es aus der Tasche und wirft es laut fluchend an die Wand. Die Einzelteile fliegen scheppernd durch die Luft. Dann geht alles ganz schnell. Der Anführer eilt zu Bill und schlägt ihm einige Male voll ins Gesicht.

„Schnauze!"

Bills Kopf fliegt zur Seite. Er kann sich nicht wehren, und auch Atze muss tatenlos zusehen, wie sein Freund verprügelt wird. Warmes Blut tropft aus dessen Nase. Er kann es nicht abwischen. Kurz darauf ist es dunkel. Die Rumänen nehmen die Taschenlampe mit. Sie gehen, leise aufgeregt miteinander diskutierend, den langen Gang entlang in Richtung Stolleneingang.

„Was machen wir jetzt?"

Bills Stimme klingt unsicher und verzweifelt.

„Die lassen uns hier schmoren, garantiert. Wer weiß, wann die wieder zurückkommen. So ein Mist, dass die mein Handy gefunden haben!"

Es entsteht eine längere Pause. Ein leichtes Stöhnen ist aus Atzes Ecke zu hören.

„Was machst du?"

Bill kommt das alles nicht geheuer vor. Es kann sein, dass Atze gesundheitliche Probleme hat. Das fehlte gerade noch! Die Augen haben sich langsam an die Dunkelheit gewöhnt. Nur schemenhaft können die Jungs den Stolleneingang erahnen. Ein leichtes Grau durchbricht dort die künstliche Nacht.

„Was machst du, warum stöhnst du so, Atze?"

Bill wird noch unsicherer, als er keine Antwort erhält. Wieder ist nur das Stöhnen zu hören.

„Nun sag endlich was, Mann!", bohrt der junge Amerikaner ängstlich nach.

„Du, Bill, hier war doch irgendwo ein Luftschacht. Erinnerst du dich?"
Endlich kommt ein Lebenszeichen von Atze. Bill atmet befreit auf.
„Zumindest auf der Karte war ein kleines Fenster eingezeichnet."
Zu Bills großem Erstaunen steht plötzlich Atze neben ihm. Bill fühlt es nur.
„Wie hast du denn das gemacht?"
Atze will seinem Freund das mit den lockeren Fesseln jetzt nicht erklären.
„Sei still, ich glaub, die stehen noch am Eingang. Wir müssen sehen, dass wir hier rauskommen."
Langsam tasten sich die beiden Jungs an den Wänden entlang, immer darauf bedacht, keine Geräusche zu verursachen. Tatsächlich können sie weit hinten am Eingang schemenhaft eine Gestalt erkennen. Sie müssen einen anderen Weg finden.

Hier hinten müsste der Luftschacht sein. Die Finger gleiten über den rauen Felsen. Es ist nichts zu fühlen außer der enormen Kälte, die von den Steinwänden ausgestrahlt wird.
„Hier ist absolut nichts, Bill. Bist du sicher, dass es hier einen Luftschacht gibt? Wir haben doch den Ventilator gesehen. Vielleicht ist das Ding in die Öffnung vom Luftschacht eingebaut worden. Dann wäre unsere Suche zwecklos."
Ein leichter Luftzug lässt Bill plötzlich haltmachen.
„Spürst du es auch?"
Atze spürt nichts.
„Was meinst du jetzt?"
„Hier zieht es wie Hechtsuppe, Mann. Glaub mir. Spürst du es nicht auch?"
Atze steht neben Bill und spürt plötzlich den Luftzug auch. Tatsächlich, hier muss irgendwo eine Öffnung sein: ein Fenster, eine Tür, ein Loch in der Mauer, irgendwas. Hastig gleiten die Hände suchend weiter, doch es ist nichts Besonderes zu ertasten.
„Irgendwoher muss der Luftstrom aber kommen. Wir müssen weitersuchen! Los, streng dich an!"
Bill ermutigt seinen Freund.

Und wieder gleiten die Hände über den grob behauenen Felsen.

Plötzlich ertasten Bills Hände vorsichtig einen Schalter. Eine Stromleitung geht von diesem Drehknopf aus. Was passiert, wenn er ihn einschaltet? Ob sich vielleicht der Ventilator in Bewegung setzt? Oder werden die Lampen im gesamten Stollen eingeschaltet? Woher sollten sie aber den Strom haben?

„Du, Atze, hier ist ein Schalter. Wenn ich ihn einschalte, sehen die uns garantiert. Was soll ich machen, was meinst du?"

Es dauert, bis Atze reagiert.

„Einschalten – wir haben doch kaum eine Wahl –, falls der überhaupt noch funktioniert. Wie wollen wir hier rauskommen, ohne etwas zu sehen?"

Im selben Moment, als Bill den Schalter umdreht, gibt es einen ohrenbetäubenden Knall, und ein heller Blitz entsteht vor ihren Augen. Ihr Kopf scheint zu platzen. Die Jungs schreien laut auf vor Schreck. Dann ist Nacht, tiefe, schwarze Nacht.

Als Bill wieder zu sich kommt, meint er, taub zu sein. Langsam versucht er, Arme und Beine zu bewegen. Der Knall muss von einer Explosion gekommen sein. Bill hört nach einer Ewigkeit neben dem Dröhnen in seinen Ohren ein winselndes Geräusch, unweit von ihm aus einer Ecke kommend. Erst glaubt er, sich das nur einzubilden.

Die Explosion hat ein Loch ins Mauerwerk gerissen. Bills Augen gewöhnen sich ganz langsam an das spärliche Sonnenlicht, das aus der Deckenöffnung zu ihnen herunterdringt.

„Atze, bist du das? Ist dir was passiert?"

Statt einer Antwort wird das Jammern immer lauter.

„Scheiße, was ist mit dir? Sag doch was!"

Es hört sich furchtbar an. Die Angst ist für Bill kaum zu ertragen.

„Atze, sag doch etwas, bitte! Was ist mit dir?"

Bill ist in Richtung der Geräusche gekrochen und sieht plötzlich Atzes Körper zwischen dem Geröll liegen. Er sieht den Kopf, den der Freund ständig hin- und herbewegt, und auch seinen zitternden Arm.

„Was soll ich nur machen, mein Gott? Atze, bitte, sag doch was!"

Atze schweigt.

Vorsichtig tastet Bill den Körper seines Freundes ab. Auf dem rechten Bein liegt ein großer eckiger Granitblock. Als er den Stein zur Seite bewegen will, bemerkt er, dass der Stein für ihn zu schwer ist, viel zu schwer. Atze ist eingeklemmt. Ob er überhaupt noch bei Bewusstsein ist? Warum sonst antwortet er nicht?

Wie soll er seinen Freund nur hier herausbekommen? Gibt es überhaupt einen Ausweg für sie beide? Wie kann er Hilfe holen? Auf keine dieser vielen Fragen weiß er eine Antwort.

Auf einmal wird dem Jungen die Ausweglosigkeit ihrer Situation bewusst. Sie sind eingeschlossen, lebendig begraben. Von den Rumänen können sie kaum Hilfe erwarten. Die werden Mühe haben, hier ungesehen zu verschwinden. Ob die Wachen etwas von der Explosion gemerkt haben, ist fraglich. Wahrscheinlich war dieser Stollengang schon zu Kriegsende vermint worden. Wie aber war Bills Vater hier hereingekommen, um das Gemälde zu verstecken? Sicher hat er nur nicht den Schalter betätigt, sonst wäre es schon damals in die Luft gegangen.

Sie müssen sehen, dass sie Kräfte sparen. Bill erkundet den Weg zum Loch in der Decke. Es ist nicht zu schaffen. Vereinzelt fallen immer noch Steine polternd herunter. Dicker Staub liegt in der Luft. Die so entstehenden Geräusche dringen verstärkt an Bills Ohr. Das müssen die Rumänen mitbekommen haben. Was ist, wenn sie zurückkommen und sie beseitigen wollen? Könnte ja sein, dass sie keine noch lebenden Zeugen übrig lassen wollen? Man hat so etwas oft in den Krimis im Fernsehen gesehen.

Ratlos lässt Bill sich an der Felswand heruntergleiten. Er hält die Hände vor sein Gesicht und beginnt zu weinen. Er hat sich nicht mehr in der Gewalt. Bill ist verzweifelt.

Atze hat aufgehört zu stöhnen. Er fantasiert umso mehr. Allmählich versteht Bill, was sein Freund sagt.

„Mutti, ich hab Durst. Nimm mich hoch, bitte! Wo ist Papa? Warum ist er weg? Was ist denn los? Was ist mit meinem Bein?" Bill streicht seinem Freund über die nasse, heiße Stirn.

„Atze, hörst du mich? Ich bin es, Bill."

Plötzlich ist es still um sie herum, gespenstisch still.

Atze liegt regungslos neben Bill. Ist er tot? Bill möchte schreien, seine ganze Angst und Verzweiflung herausbrüllen, bekommt aber keinen Ton aus sich heraus.

„Atze, bitte, Atze, mein Freund, bitte stirb jetzt nicht!"

8. Die Strategie

Ein neuer Tag beginnt wie jeder andere auch. Die Kurgäste haben ihre Behandlungspläne abzuarbeiten. Ralfs erster Termin beginnt in zwei Stunden. Er ist noch müde. Es ist gestern wieder spät geworden, sehr spät. Sie haben zusammengesessen, über die Erlebnisse vom Tag diskutiert und sich auch noch einen Bericht über die Ereignisse im Jonastal angesehen, die Jugendliche der ‚Jungen Gemeinde' zusammengestellt haben – ein ausgezeichnetes Video.

Die furchtbaren Verbrechen der Nazis gingen ihnen sehr nahe. Unvorstellbar, dass sie über dreißigtausend Häftlinge aus Weimar hierhergebracht haben, die in Schwerstarbeit die Stollen in die Felsen schlagen mussten. Andere mussten in der Versuchsfabrik im Objekt „Burg", das dem Forschungs- und Messlabor in Stadtilm angehört, nach Atomversuchen die verstrahlte Anlage säubern. War die Strahlengrenze im Labor auf 50 Röntgen begrenzt, so lag sie hier in der A-Anlage bei 60 Röntgen. Die Strahlung war in der Anlage zeitweise so hoch, dass sie von den Häftlingen nicht mehr gemessen werden konnte. Die starben in der Folge an Dünnblut und Glasknochenschwäche. Sie fielen um wie die Fliegen.

Auch die Fahrt nach Buchenwald und die Besichtigung des Lagers hat sie alle sehr schockiert. Ralf brauchte lange, bis er endlich einschlafen konnte. Er hatte wilde Träume, die ihn immer wieder aufwachen ließen. Gut, dass die Nacht vorbei ist!

Ständig geht ihm auch die Frage nach den Jungs durch den Kopf. Sie haben sich immer noch nicht gemeldet. Es ist schon die zweite Nacht, dass sie verschwunden sind.

Als Ralf um zwei Uhr zu Bett ging, stand Bob immer noch auf dem Balkon und wartete. Was mochte in den Köpfen der beiden Amerikaner jetzt vor sich gehen? Ein Schuldgefühl kommt in Ralf auf: Hat er Bobs Bedenken nicht ernst genug genommen?

„Haben Sie den großen Knall gestern Abend gehört?"
Eine aufgetakelte Mittvierzigerin hat sich ungefragt an seinen Tisch gesetzt.

„Es hörte sich an wie eine Explosion. Was, Sie haben das nicht gehört? Seltsam, Sie müssen ja einen prächtigen Schlaf haben. Die scheinen hier irgendwo Sprengungen durchzuführen, und das in der Nacht. Das ist doch eine Zumutung! Na ja, das ist eben doch der unkultivierte Osten. Ich werde Preisnachlass fordern. Die haben hier noch viel zu lernen. Glauben Sie mir, ich werde mich nachher bei der Direktion beschweren! Nie wieder gehe ich in den Osten."
Tatsächlich hat Ralf davon nichts mitbekommen.

In diesem Moment kommen Rosalind und Bob in den Raum. Rosalind sieht schlimm aus, müde und von tiefen Augenringen in ihrem Gesicht gezeichnet. Ralf winkt ihnen zu und gibt so zu verstehen, dass sie sich an seinen Tisch setzen sollen.
Die kampfeslustige Dame ist weitergezogen, um sich bei den anderen Gästen zu erklären.
„Wann ist Bill denn nach Hause gekommen?"
Sofort bricht Rosalind in Tränen aus. Ralf bereut diese Frage zutiefst. Soll das etwa heißen, dass die Jungs immer noch nicht zurück sind?
„Entschuldigung, ich wollte Ihnen nicht wehtun!", versucht Ralf die Situation zu entschärfen.
„Nein, ist schon gut. Meine liebe Rosalind hat nur schwache Nerven, das ist alles."
Rosalind hat umständlich ein Taschentuch aus ihrem Ärmel gezogen und putzt sich die Nase.
„Wir haben vor, zur Polizei zu gehen, um eine Suchanzeige aufzugeben. Als wir gestern im Amt waren, haben sie uns überhaupt nicht ernst genommen. Sie taten, als wäre dies die natürlichste Sache der Welt, dass junge Männer nächtelang nicht nach Hause kommen, ohne sich abzumelden. Bei uns in Amerika jedenfalls ist das nicht so. Es ist alles sehr seltsam. Das würde unser Bill uns niemals antun. Da muss etwas passiert sein, oder glauben Sie das nicht?"
Bob schaut sein Gegenüber mit seinen großen Augen, die von buschigen Augenbrauen überdeckt sind, fragend an. Ralf kann ihn gut verstehen und seine Schlussfolgerungen auch nachvollziehen. Sollte vielleicht die Explosion tatsächlich mit den Jungs zu tun haben?
„Haben Sie in der Nacht etwas Ungewöhnliches gehört?"

„Sie meinen diesen Knall? Ja, das haben wir auch gehört. Es hörte sich wie eine Explosion an. Wir konnten die ganze Nacht nicht schlafen. Meinen Sie etwa …?"

Bob hat den Satz nicht zu Ende gesprochen.

„Könnte es eventuell sein, dass die Jungs in ihrer Abenteuerlust auf Entdeckungstour gegangen sind?"

Ralf weiß, dass diese Frage nicht hilfreich ist.

Bob muss sich plötzlich setzen. Er greift haltsuchend nach der Stuhllehne. Seine Frau ist um ihn besorgt und hält seinen Arm fest. Er ist blass im Gesicht geworden. Von einer Sekunde auf die andere ist er ein alter Mann. Wie kann das zugehen?

„Daran bin ich schuld!"

Bobs Stimme klingt gebrochen und ist kaum zu verstehen. Ralf jedenfalls versteht nichts.

„Ich habe das dem Jungen in den Kopf gesetzt, ich war das. Wie konnte ich nur? Ich habe ihm von einem Bild erzählt, das ich nach dem Krieg, als wir einen Bereich der Stollen kontrollierten, in eine Hülle gesteckt und in einem Gang versteckt habe. Ich habe ihm sogar auf sein stetes Drängen hin eine Skizze von dem Versteck angefertigt. Wie konnte ich nur?"

Ralf ist erschrocken und versteht zunächst nur die Hälfte.

Es ist Bob anzusehen, dass er sich große Vorwürfe macht. Er hat in Verzweiflung den Kopf in beide Hände gestützt. Sein Körper zuckt einige Male, und jeder kann ahnen, dass er weint. Gut, dass keine weiteren Frühstücksgäste im Raum sind!

„Was soll ich nur machen?"

Ralf legt seine Hand beruhigend auf Bobs Schultern, während er fieberhaft versucht, den Zusammenhang zu verstehen.

„Ja, wir müssen etwas unternehmen: Wenn Sie wollen, komm ich mit Ihnen mit, dann machen wir das gemeinsam."

Bob schaut Ralf mit seinen feuchten Augen an.

„Das würden Sie für uns tun?"

Rosalind und Bob sind erleichtert.

„Sie sollten erst etwas essen. Es wird wohl ein langer Tag."

Ralf weiß, wie albern und unpassend auch dieser Satz klingen muss. Bob steht auf.

„Wir bekommen nichts herunter. Es ist gut gemeint. Danke! Wir sollten uns von den Anwendungen abmelden, oder was meinen Sie?"

Ralf übernimmt das für sie beide.

Der junge Soldat, der die Kaserne des Truppenübungsplatzes Ohrdruf bewacht, ist verwundert, als die beiden Zivilisten an das Wachhaus treten und um Einlass auf das Bundeswehrgelände bitten. Nach einem kurzen Telefonat mit seinem Vorgesetzten nennt er ihnen die Zimmernummer des stellvertretenden Kommandanten. Es handelt sich um einen Offizier, der offenbar kurz vor seiner Pensionierung steht und offensichtlich damit nicht zurechtkommt, dass plötzlich Zivilisten, davon auch noch ein amerikanischer Staatsbürger, in seiner Amtsstube stehen. Vielleicht hat er damals seine Grundausbildung bei der Nationalen Volksarmee der DDR absolviert. Bei manchen alten Genossen steckt noch tief in der Seele das alte Bild vom Klassenfeind. Ralf behält diese Überlegungen wohlweislich für sich.

„Bitte setzen Sie sich!"

Die mürrische Laune ist nicht zu übersehen. Dennoch hört er sich schweigend die von Ralf berichtete Geschichte der verschwundenen Jungs an. Natürlich sagt Ralf nichts von dem versteckten Gemälde, sonst würde Bob noch im Nachhinein Probleme bekommen. Als er fertig ist, räuspert sich der Offizier einige Male und betrachtet auffallend lange seine gepflegten Fingernägel.

„Sie wissen, das hier ist Bundeswehrgelände. Zivilisten haben hier nichts zu suchen. Wer hier erwischt wird, zahlt ein Bußgeld. Leider sind auch wir unterbesetzt. Wir können nicht jederzeit überall sein. Unsere Wachen sind dennoch sehr wachsam und hätten es gemerkt, wenn dort jemand verbotenerweise in einen Stollen eingestiegen wäre."

Er hatte das Wort „verbotenerweise" besonders betont. Ralf merkt, wie es bei Bob etwas auslöst. Ralf kann diesen Eindruck nicht beschreiben. Sein Gefühl schlägt Alarm und mahnt zur Vorsicht.

„Die meisten Stollen sind abgesichert und verschlossen. Wegen der Hobbyforscher hat der Freistaat Thüringen Ende 1991 mit riesigem

Aufwand die restlichen Eingänge zumauern lassen. Es wäre rein theoretisch möglich, dass jemand in den wilden Gängen eingestiegen ist, was aber viel zu gefährlich wäre. Das käme einem Selbstmord gleich. Sie wissen vielleicht, dass die Wehrmacht zum Schluss noch vieles vermint hat. Es wäre Leichsinn, dort einzusteigen."

Er schaut immer noch auf seine gepflegten Nägel.

„Was, wenn sie es trotzdem getan haben?"

Bob schaut Ralf erschrocken an.

„Unmöglich!"

Der Offizier scheint wegen der Gegenfrage verärgert zu sein. Erst jetzt schaut er auf und wagt es, in die Gesichter seiner Besucher zu blicken.

„Wir müssen nachsehen", schlägt Ralf vor.

„Wo, bitte schön, wo wollen Sie nachsehen? Es ist unmöglich."

Der Offizier ist aufgestanden und blättert in seinen Unterlagen herum. Für ihn scheint das Gespräch beendet zu sein. Er ist unsicher.

„Wir haben heute in der Nacht eine Explosion auf Ihrem Gelände gehört. Es könnte ja sein, dass die beiden jungen Männer etwas damit zu tun haben – wenn nicht Sie diese Explosion ausgelöst haben, was ich wegen der nächtlichen Ruhestörung nicht vermute. Warum können Sie dort nicht nachsehen? Sie haben doch sicher einen Bericht vorliegen!"

Ralf weiß, dass er sehr hoch pokert.

Der Offizier unterbricht das Hin- und Herschieben der Akten.

„Herr Wendler, wir können da nicht einfach hineingehen. Wer will die Verantwortung dafür übernehmen, dass eventuell weitere Minen in die Luft gehen und Soldaten dabei verletzt oder gar getötet werden? Lagepläne von eventuellen Minen gibt es nicht. Es gibt keine präzisen Originalskizzen, Lagepläne oder sonstige Unterlagen von den verfluchten Gängen und Stollen. Im Nachhinein haben wir von Experten Zeichnungen anfertigen lassen vom vermuteten Stollensystem, aber es bleibt immer noch ein sehr hohes Restrisiko. Die Originalzeichnungen haben die Nazis vernichtet. Was wir darüber hinaus an Unterlagen hatten, haben die Amis mitgenommen, oder es wurde vom Ministerium für Staatssicherheit konfisziert. Die russischen Streitkräfte waren auch hier und haben alles überprüft. Auch sie wollten etwas vom großen Kuchen abhaben.

Sie alle glauben, dass hier irgendwelche Schätze versteckt sein könnten. Das glauben leider eine ganze Menge Leute. Was glauben denn Sie, wie viele Leute wir davon aufgreifen? Was sollen wir mit denen machen? Selbst aus dem osteuropäischen Ausland kommen ganze Banden und hoffen auf das große Glück."

Der Offizier hat sich richtig in Rage geredet. Er hat offenbar vergessen, wen er hier vor sich hat.

„Erst heute Morgen haben wir drei Rumänen gefasst, die eine Explosion in einem Stollen verursacht haben. Wahrscheinlich war das die Detonation, die auch Sie gehört haben."

Er schaut nur ganz kurz auf.

„Wir sind dabei, sie zu verhören. Nein, wir haben kaum Chance, in die Stollen zu kommen, solange wir nicht exakt wissen, wo die Gänge sind und wie sie verlaufen. Wo sollen wir denn mit der Suche beginnen? Überhaupt wissen Sie gar nicht, ob sich Ihre beiden Ausreißer dort tatsächlich befinden."

Er kann es wohl nicht ertragen, dass Ralf als Zivilist ihm etwas vorschreiben will.

Sollte die Explosion tatsächlich durch die Rumänen verursacht worden sein? Warum waren sie unverletzt? Sie hätten irgendwelche Blessuren haben müssen. Von Verletzungen hat er jedenfalls nichts gelesen.

„Gibt es wirklich keine Unterlagen von den Stollengängen oder Lagepläne, Bauzeichnungen? Auch keine Protokolle oder Berichte? Es muss doch so etwas angefertigt worden sein, wenn sich so viele Gremien mit dem Thema beschäftigt haben! Wo ist das alles geblieben?"

Bob kann dies alles nicht glauben.

Der Offizier zuckt ratlos mit den Schultern.

„Die einzigen Zeichnungen oder Baupläne, wenn Sie so wollen, wurden, wie ich schon sagte, nach dem Krieg nachträglich angefertigt. Aber wer sagt, dass diese Unterlagen vollständig und exakt sind? Damals, zur Wendezeit, war die Stasi hier sehr aktiv, um Dokumente und Unterlagen verschwinden zu lassen. Und es war bestimmt nicht nur der Schriftwechsel mit dem Devisenbeschaffer der maroden DDR, Schalck-Golodkowski, der hier die eventuell vorhandenen Schätze in harte Währung umsetzen sollte. Vielleicht wissen die Herrschaften vom ‚Runden Tisch' von damals mehr. Wir haben jedenfalls nichts, absolut nichts."

Damit ist das Gespräch für den Offizier beendet.

Gern würde Ralf sehen, was auf dem Berichtsbogen steht, der oben auf dem Stapel Papier auf dem Schreibtisch liegt. Er kann nur erkennen, dass der Bericht das heutige Datum trägt.

Sie werden wieder von einem Soldaten zurück ans Wachhaus geführt und bekommen dort Dokumente zurück, die sie vor Eintritt hatten abgeben müssen.

„Nun sind wir genauso schlau wie vorher!"

Bob ist mutlos.

„Nicht ganz: Immerhin wissen wir, wo wir weitersuchen müssen. Wir müssen herausbekommen, wer zur Wende am ‚Runden Tisch' saß, der uns sagen kann, welche Mitarbeiter der Staatssicherheit hier offiziell aktiv waren. Wir müssen herausbekommen, wer die Aktion rund um das Jonastal geleitet hat, als die Stasi auf Anweisung von Berlin die Gegend untersuchte. Die Amerikaner und Russen haben die beschlagnahmten Unterlagen längst außer Landes geschafft."

Erst jetzt merkt Ralf, dass Bob sich eventuell kritisiert fühlen könnte, aber er ist ja nicht verantwortlich für das, was damals geschehen ist.

„Wir müssen uns beeilen. Viel Zeit haben wir nicht, die läuft uns davon. Vielleicht schweben die Jungs tatsächlich in Lebensgefahr."

Bob stimmt dem zu. Sie haben beide das Gefühl, dass diese Explosion wohl doch etwas mit den Jungs zu tun haben könnte.

Dunkle Wolken zeichnen sich am Himmel ab. Bob steht ratlos neben Ralf. Es ist spürbar, dass er Angst hat; Angst, die seine Gedanken lähmt. Was wird, wenn sie die Jungs nicht wiederfinden; was, wenn sie zu spät kommen? Wo sollen sie nur suchen? Wen können sie fragen? Sie wissen beide, dass sie auf fremde Hilfe angewiesen sind, doch wen sollen sie nur ansprechen? Viele Fragen. Es ist alles so hoffnungslos.

„Glaubst du an Gott?"

Ralf ist über diese plötzliche Frage so erschrocken, dass ihm die Worte fehlen – nicht, weil Bob ihn plötzlich duzt. Ja, er glaubt an Gott. In dieser Situation sind seine Gedanken jedoch woanders.

„Uns kann nur noch Gott helfen!"

Bobs Stimme hört sich verzweifelt an, er kämpft anscheinend wieder mit den Tränen.

„Vielleicht ist das die Idee! Wir gehen in die Kirche, vielleicht kann man uns dort weiterhelfen. Die Pfarrer und Pastoren saßen doch alle zur Wendezeit an den ‚Runden Tischen'. Die waren meistens federführend und hatten durch ihre Fähigkeit der Gesprächsführung großen Anteil am weiteren Geschehen. Vielleicht kann der Pfarrer uns wichtige Namen und Adressen nennen!"

Offensichtlich hat Bob durch diesen Vorschlag wieder Mut bekommen. Er zieht seine Jacke fest und stampft los. Ralf hat Mühe, ihm zu folgen.

Ein leises Quietschen ist zu hören, als Bob die schwere Kirchentür langsam aufzieht. Sie haben nicht bemerkt, dass inzwischen die Sonne durch die Wolken scheint und durch die bunten Fensterscheiben in das Kircheninnere strahlt. In Bobs Augen bilden sich Tränen. Ralf kann nachempfinden, was er in diesen Stunden durchstehen muss. Er legt seinen Arm auf die Schulter des Älteren. Sie gehen nebeneinander den Mittelgang der alten Kirche entlang, bis sie vor dem Altarraum stehen. Vor sich sehen sie einen aus Kalksandstein gearbeiteten Altar, auf dessen Mitte ein großes Kruzifix steht. Der leidende Christus am Kreuz scheint auf sie gütig herabzusehen. Er hat seine rechte Hand segnend erhoben. Ist das ein Zeichen für sie? Bob hat seine Hände gefaltet.

„Guter Gott, hilf uns!", kommt es leise über seine Lippen.

Sie haben nicht bemerkt, dass sie nicht alleine in der Kirche sind. Erst ein leises Rascheln lässt sie erschrocken zur Seite blicken. Sie erkennen einen Mann mittleren Alters im schwarzen Anzug. Er hat gerade die Jacke über sein Hemd gestreift. Der weiße Plastikkragen hebt sich grell von der schwarzen Kleidung ab.

„Kann ich Ihnen helfen? Ich sehe doch, dass Sie nicht nur Touristen sind. Ich bin hier der Pfarrer."

Seine Stimme klingt angenehm beruhigend.

Er ist ein geduldiger Zuhörer. Nur an wenigen Stellen unterbricht er Ralfs Bericht, um nach Einzelheiten zu fragen.

„Ein Oberst Waldemar Beier vom Ministerium für Staatssicherheit der DDR hat damals die Aktion geleitet, soweit ich weiß. Er hatte sich einige in seinem Sinn vertrauliche Leute aus der Gegend gesucht, die ihm halfen. Den Oberst gibt es nicht mehr, er hat die Wende nicht verkraftet. Lassen Sie mich überlegen!"

Er nimmt seine Brille ab und beginnt sie mit einem Stofftaschentuch zu putzen. Anschließend setzt er sie umständlich auf seinen Nasenrücken auf.

„Wenn ich mich nicht irre, haben wir eine Kopie von Protokollen in unserem Pfarrbüro, die jemand aus Angst vor den eigenen Leuten bei uns hinterlegt hat. Dort könnte etwas Hilfreiches für Sie drinstehen. Vielleicht finden wir dort einen Namen."

Ohne eine Antwort abzuwarten, dreht er sich um und geht voraus ins Pfarrhaus, gleich neben der Kirche. Eine freundliche junge Frau begegnet ihnen. Sie schaut sie überrascht an.

Im Kirchenbüro, in das sie der Pfarrer geführt hat, riecht es muffig. An der Wand steht ein schwarzes Regal mit alten Aktenordnern, daneben ein alter Schreibtisch, der hier wohl schon seit einigen Generationen steht. Zwischen den Fenstern hängt ein schlicht gehaltenes Kruzifix. Der gekreuzigte Christus ist überall gegenwärtig.

Sie sitzen wenig später auf unbequemen Holzstühlen mit hohen, geschnitzten Lehnen aus dem vorletzten Jahrhundert, die bei der kleinsten Bewegung wie als Protest knarrende Geräusche von sich geben. Vor ihnen auf dem Tisch steht eine Schale mit frischem Obst.

Der Pfarrer schiebt sie zur Seite, um Platz zu schaffen. Er öffnet einen mit Bindfaden zusammengebundenen Papierstoß, den er aus dem Regal gezogen hat.

„Das hier sind die besagten Unterlagen, die gerettet wurden. Der Besitzer fand sie zu brisant, als dass er sie in seinem Haus hätte aufbewahren können. Sie verstehen, dass ich sie nicht aus der Hand geben kann?"

Er schaut seine Gäste fragend an.

Vor ihnen liegen dünne Schnellhefter. Auf einem steht eine große Registriernummer. Als der Pfarrer den Deckel anhebt, erkennen sie handgeschriebene Protokolle. Die Blätter sind teilweise kopiert, andere Seiten sind mit vielen Notizen versehene Originale.

„Ich werde Ihnen eine Adresse aufschreiben. Dann werde ich dort anrufen und Sie ankündigen. Der alte Herr ist nicht besonders freundlich, er meint es jedoch grundehrlich. Erschrecken Sie nicht über seine derbe Art! Ich denke, er kann Ihnen weiterhelfen."

Sie bedanken sich für seine Unterstützung und machen sich auf den Weg. Jetzt müssen sie schnell mit dem Informanten sprechen. Ein Blick auf die Uhr zeigt ihnen, dass sie seit zwei Stunden unterwegs sind – Zeit, die ihnen fehlen könnte. Viel Greifbares außer einem Stück Papier mit einer Adresse haben sie noch nicht in der Hand. Immerhin könnte der Mann etwas mehr wissen.

Sie haben ein ganzes Ende zu fahren, vorbei an einsam gelegenen Gehöften, bis sie in dem kleinen beschaulichen Ort ankommen, in dem sie in die zweite Straße rechts einbiegen müssen. Das kleine Fachwerkhaus steht ganz am Ende der Straße.

Am Haus versperrt ihnen eine knallgrün gestrichene hölzerne Gartenpforte den weiteren Weg. Sie sehen keinen Klingelknopf. Ein großer Schäferhund kommt ihnen laut bellend entgegengesprungen.

„Wir kaufen nichts. Sie verschwenden nur Ihre kostbare Zeit!"

Sie sehen jetzt den ergrauten Mann mit einem Spaten in der Hand im Garten stehen. Er wirkt tatsächlich auffallend mürrisch auf sie.

„Wir würden Sie gern sprechen, wenn Sie einen Moment Zeit für uns haben. Der Pfarrer wollte uns ankündigen."

„Ach, Sie sind das."

Offensichtlich hatte der Pfarrer ein gutes Wort für sie eingelegt. Jedenfalls stellt er den Spaten an die Hauswand und klopft sich Erde von seinem Hosenbein.

„Ich weiß nicht, ob ich Ihnen helfen kann. Kommen Sie erst einmal herein! Meine Frau wird uns einen guten Kaffee kochen. Ich muss nur mal den Hund wegsperren."

Ralf erinnert sich, dass an der Gartenpforte der Name ‚Schmidt' steht, ‚Bernd Schmidt'. Sie sind hier richtig.

Im Haus riecht es nach frisch gebackenem Kuchen. Die Frau ist mit der Kaffeemaschine beschäftigt. Es brutzelt und dampft. Sie hat die Männer durchs Fenster kommen sehen und gutes Geschirr auf den Stubentisch gestellt. An den Wänden hängen einige eingerahmte Urkunden mit dem DDR-Emblem im Kopfteil. Ralf kommt nicht dazu, sie zu lesen.

„Wissen Sie, es war nicht alles schlecht hier bei uns im Osten, bestimmt nicht. Die im Westen wollen uns das einreden, aber die wissen nichts, gar nichts wissen die von uns. Die sind zu uns herübergekommen und haben uns geschröpft, wo es nur ging. Ich könnte Ihnen unglaubliche Geschichten erzählen, wie die sich bereichert haben. Viele von denen aus dem Westen haben sich hier eine goldene Nase verdient. Es ist eine Schande. Ausverkauft haben sie die DDR. Die von der Treuhand, das waren doch die größten Lumpen!"

Ralf widerspricht ihm nicht. Zu sehr hat er Angst, Schmidt könnte sie vor die Tür setzen, ohne dass sie etwas von ihm erfahren haben. Die Zeit aber drängt. Sie müssen schnell herausbekommen, wo die verborgenen Stolleneingänge sind und in welchem Stollen sich jetzt noch Menschen aufhalten könnten.

„Und Sie kommen wegen der verschwundenen Jungs?", will Schmidt plötzlich wissen. Offenbar hatte der Pfarrer ihm bereits gesagt, worum es überhaupt geht.

„Wissen Sie, für Ortsunkundige ist es lebensgefährlich, sich in das Stollensystem hineinzubegeben. Neulich waren einige aus Österreich hier, Höhlenforscher haben die sich genannt. Da greift man sich an den Kopf. Nach dem legendären Bernsteinzimmer wollten sie suchen. Mag ja sein, dass es hier in einem Stollen versteckt ist; dann aber gewiss nicht so, dass man es mit Spitzhacke und einer Grubenlampe finden kann. Ich staune, wie naiv manche Leute sind."

Ralf lächelnd ihn an, was der als wohlmeinende Zustimmung auffassen soll.

„Sie können sich doch denken, dass unsere Genossen das Bernsteinzimmer mit Sicherheit gefunden hätten."

Wie merkwürdig diese Sprache klingt! Lebt er immer noch in der alten Welt mit seinen Genossen? Ist die Wende bei ihm doch noch nicht richtig angekommen?

Bevor Ralf weiter darüber nachdenken kann, erscheint Schmidts Frau und legt ihm einen Aktenordner auf den Tisch. Sie hatten überhaupt nicht bemerkt, dass er sie darum gebeten hat.

Ohne sich bei ihr zu bedanken, beginnt er darin herumzublättern. Ralf kann sehen, dass der Ordner neben Dokumenten auch Zeichnungen und Skizzen enthält. Woher mag er diese Unterlagen haben? Ob er sie sich heimlich unter den Nagel gerissen hat? Zuzutrauen wäre es dem „Genossen" schon.

„Hier haben wir es ja. Sehen Sie, hier sind die Stolleneingänge akribisch eingezeichnet. Das sind alles Kopien der Baupläne von damals. Diese drei Eingänge sind zubetoniert und mit Erdreich verschüttet worden. Dort können die Jungs nicht sein. Hier haben wir zwei Eingänge, die durch die Witterung zerstört wurden. Ich glaube nicht, dass sie die gefunden haben, möglich wäre es aber."

Er blättert weitere Unterlagen durch. Ralf staunt, dass die Bundeswehr nichts von diesen Unterlagen weiß. Sie sind anscheinend doch wichtig.

„Ja, das sind die beiden Eingänge, die infrage kommen könnten. Wenn Sie wollen, kann ich Ihnen die Eingänge zeigen. Sie sind schwierig zu finden."

Bob ist über das Angebot überrascht. Seine Hand zittert beim Abstellen der Kaffeetasse.

„Das wäre fantastisch, aber da wären noch die Wachposten."

Schmidt grinst vor sich hin.

„Ich bin ortskundig, glauben Sie mir!"

Sie trinken hastig ihren Kaffee aus und machen sich auf den Weg ins Jonastal.

9. Zeit der Ungewissheit

Atze hat lange kein Wort mehr gesprochen. Bill erzählt ununterbrochen und stellt wieder verzweifelt Fragen, doch Atze schweigt. Er scheint zeitweise bewusstlos zu sein. Langsam haben sich Bills Augen an das Zwielicht gewöhnt, das durch das kleine Loch in der Decke scheint. In der Nähe ist Wasser durch den Felsen gesickert und tropft gleichmäßig zu Boden. Es ist ein nerviges Geräusch – das einzige Geräusch, das im Moment überhaupt zu hören ist. Es wirkt alles sehr gespenstisch wie in einem Gruselfilm.

Wo ist die Wasserpfütze, die das Aufklatschen der Tropfen musikalisch und doch quälend schmerzhaft erscheinen lässt? Bill hat Durst, großen Durst. Er weiß, dass er nichts Erfrischendes finden wird.

Überall liegen graue Felsbrocken herum. An einer Stelle schaut ein Kabel aus der Wand. Hatte man hier die Sprengladung installiert, die sie in der Dunkelheit nicht sehen konnten? Dann sieht er eine Messinghülse aus einem Steinhaufen hervorblitzen. Hastig greift er danach. Er zieht das Leinen heraus, das in Pergament eingewickelt ist und im nächsten Moment auch schon in seinen Händen auseinanderfällt. Vor ihm liegen kleine Teilchen, die einmal ein Gemälde waren. Das also ist das, wonach sie gesucht haben? Ein eiskalter Schauer durchfährt seinen Körper. Bill fühlt sein Herz brutal in der Brust rasen. Deswegen haben sie sich so in Gefahr begeben? Bill wirft die Flakpatronenhülse schwer enttäuscht achtlos zur Seite.

Atze braucht dringend etwas zu trinken, damit sein Fieber gesenkt wird. Er gibt röchelnde Geräusche von sich. Wie lange hält er noch durch? Er hat viel, sehr viel Blut verloren. Doch was soll Bill tun?

Erst jetzt sieht er, dass die Öffnung über ihnen, durch das das wenige Licht hereinfällt, eigentlich bedeutend größer ist. Durch die Explosion haben sich in halber Höhe einige Felsbrocken gelöst und sich ineinander verkeilt. Es ist ein Wunder, dass die Felsbrocken dort hängen geblieben sind. Sonst wären die Jungs durch die Wucht des Gesteins erschlagen worden. Das wird Bill in diesem Moment klar. Er muss sehen, dass er den Freund aus der Gefahrenzone bekommt. Ein erneuter Versuch, mit aller verbliebenen Kraft den Brocken von Atzes Bein zu bekommen, scheitert.

Der Freund stöhnt vor Schmerzen. Atze versucht etwas zu sagen und fällt ins Koma zurück. Wie ein Irrer zerrt Bill an dem Stein und versucht, ihn nach hinten zu kippen. Er weiß, dass er ihn nicht einfach nur zur Seite schieben darf, das wäre für Atze unvorstellbar schmerzhaft.
Bill entwickelt ungeheure Kraft. Schweißperlen bilden sich auf seiner Stirn, die Halsschlagader ist zum Bersten angespannt.
Ganz sachte beginnt sich der Stein an der Stelle, die auf dem zertrümmerten Bein liegt, zu bewegen. Jetzt nur nicht loslassen, nicht schlappmachen! Langsam kann er millimeterweise den Stein anheben, bis er das blutende Bein ganz freigelegt hat. Unvorstellbar, wenn Bill jetzt nachlassen würde! Mit dumpfem Gepolter fällt der Koloss schließlich nach hinten weg.
Bill ist durch die Anstrengungen so erschöpft, dass er sich erst zum Ausruhen hinsetzen muss. Der Brustkorb schmerzt von der Anstrengung, die Lunge pumpt wie ein Blasebalg. Dann zieht er den Freund zur Seite und legt ihn auf eine glatte Fläche. Der Platz, auf dem Atze gelegen hat, ist von einer großen, klebrigen Blutlache überzogen. Es riecht ekelhaft. Auf der Highschool hatten sie einen Crashkurs in Erste Hilfe bei Unfällen. Damals hatte er wohl nicht genug aufgepasst. So sitzt er neben Atze und weiß nicht, was er tun soll.

Der Straub, der vorher den Raum ausfüllte, hat sich gelegt. Atze krümmt sich unter wahnsinnigen Schmerzen. Er stöhnt laut in gleichmäßigen Schüben. Bill presst seine Hände auf die Ohren, um nichts davon zu hören. Endlich, nach einer langen Ewigkeit, beruhigt sich Atze wieder.
Zaghaft traut sich Bill an ihn heran. Er hat sein T-Shirt ausgezogen und beginnt vorsichtig, das zerschmetterte Bein anzuheben. Die Blutung muss gestoppt werden. Der Aufschrei, als Bill das T-Shirt um das Bein binden will, geht ihm durch Mark und Bein. Wenige Zeit später fällt Atze zurück ins Koma. Bill sitzt neben ihm. Er hält die Hand seines Freundes und streichelt sie sanft.

„Mach bitte nicht schlapp, Atze, bitte! Wir schaffen es bestimmt, versprochen!"

Die Lage scheint aussichtslos zu sein. Wie sollen sie es schaffen? Wenn die Rumänen nicht wiederkommen, sind sie verloren. Und warum sollten die wieder zurückkommen?
Lange können sie beide nicht durchhalten. Atze fängt schon wieder an zu stöhnen. Kurz stockt sein Atem. Was wäre, wenn Bill die verkeilten Felsbrocken an der Deckenöffnung auseinanderziehen könnte? Ob er vielleicht einen Berg aus Steinen aufschlichten kann, um an die Öffnung zu kommen? Nein, es sind viel zu wenige Felsbrocken. Niemals würden sie reichen. Die Decke ist zu hoch. Aber es wäre wenigstens mehr Licht da.
Langsam erhebt sich Bill und überprüft die Lage der Steine. Es müsste klappen, wenn er einen kleinen Felsbrocken aus der Verkeilung lösen könnte. Ein sorgfältiger Blick versichert ihm, dass Atze aus der Gefahrenzone ist.

Mit aller Kraft rüttelt Bill an den verkeilten Steinen. Sie bewegen sich überhaupt nicht. Nur Staub und kleine Steinsplitter fallen zu Boden. Bill hat einen handgroßen Stein genommen und klopft kräftig gegen den Felsen. Ihm macht es nichts aus, dass jemand sie hören könnte, im Gegenteil. Es könnte für sie die Rettung bedeuten. Endlich, nach starkem Klopfen, lockert sich allmählich der Felsen, kaum sichtbar. Er scheint sich langsam aus der Verklammerung zu lösen. Plötzlich gibt er nach und poltert auf den harten Betonboden, auf dem kurz zuvor Atze gelegen hat, gefolgt von den anderen großen Steinen, die da ineinander verkeilt waren. Bill kann sich gerade noch rechtzeitig zur Seite werfen.

Wieder ist alles vom trockenen Staub ausgefüllt. Es dauert lange, bis Bill wieder Einzelheiten erkennen kann. Auf alle Fälle ist alles viel heller geworden. Jetzt ist die Öffnung zu erkennen, die mühelos einen menschlichen Körper durchlassen würde, wenn nicht diese unerreichbare Höhe wäre. Vorsichtig beginnt er die nähere Umgebung zu erkunden.

Bill kann zehn Meter in den Gang hineinsehen. Er erkennt einige zurückgelassene Gegenstände: einige Blecheimer, einen Spaten in einer Ecke, einen Haufen alter Klamotten und Uniformteile. Offenbar haben die SS-Soldaten kurz vor Verlassen des Stollens ihre Uniformen hier gegen Zivilkleidung getauscht, um draußen nicht erkannt zu werden.

Hastig beginnt Bill, die Sachen zu durchsuchen. Sie sind verstaubt. Es stört ihn nicht. Vielleicht haben die Männer etwas Brauchbares zurückgelassen? Tatsächlich findet er in einer Hose zerbrochene Zigaretten und eine Schachtel Streichhölzer.

Wenn er noch die Kerze wiederfinden würde, könnte er abends Licht machen, vorausgesetzt, die Streichhölzer zündeten noch nach dieser langen Zeit. Hastig sucht Bill nach der Kerze.

Atze liegt wie tot auf dem Boden. Er atmet kaum noch. Vorsichtig legt Bill ihm eine alte Uniformjacke unter den Kopf. Die gemeinsame Not schmiedet sie noch enger zusammen, mehr, als man zu ahnen vermag.

Es ist kalt in diesem Teil des Stollens, sehr kalt sogar. Bill berührt mit seiner Hand die Stirn seines Freundes und erschrickt angesichts der Hitze. Die Schweißperlen jedoch fühlen sich eiskalt an. Wie passt das zusammen? Atze hat Fieber. Es muss etwas passieren. Der Junge schaut auf die Felsöffnung in der Decke, die ihnen die Freiheit bringen könnte. Das Loch scheint dennoch für Bob unerreichbar zu sein. Es ist kalt, zu kalt für Atze, der wieder nicht mehr bei Bewusstsein ist.

Vorsichtig zieht Bill ein Streichholz aus der Schachtel. Mit klopfendem Herzen und zitternder Hand streift er das Holz an der Reibefläche entlang.

„Lieber Gott, lass es funktionieren!"

Er wundert sich selber darüber, dass das Streichholz tatsächlich zündet. Langsam senkt er das dünne Holz und lässt die Flamme daran hochzüngeln. Dann hält er die Flamme an den Kerzendocht und atmet tief durch, als sich dieser entzündet. Endlich ein Erfolgserlebnis nach dieser langen Zeit der Gefangenschaft! Das macht Bill Mut.

Er spürt die unsagbar große Gefahr, in der sie beide stecken, und denkt nicht nur einmal über sein Leben nach. Sollten sie hier umkommen, weil sie hier niemand findet? Wer soll sie auch suchen? Und vor allem – warum gerade hier? Die einzige Hoffnung sind die Rumänen. Nur sie wissen, dass sie hier sind. Vielleicht glauben die aber auch, sie seien bereits tot, von den Felsen erschlagen?

Plötzlich fallen dem Jungen all die Dinge ein, die bisher für sein Leben wichtig waren und jetzt plötzlich an Bedeutung verlieren. Ob er seine Freunde jemals wiedersehen wird? Was werden sie sagen, wenn sie erfahren, dass er hier im fernen Germany umgekommen ist? Bill steigen Tränen in die Augen. Die kleine Kerzenflamme flackert ununterbrochen, obwohl er sich nicht bewegt. Ob sie auch Angst hat, so wie er, Bill? Wenn er es seinem Freund nur leichter machen könnte!
Atzes Stirn ist nass und abwechselt heiß und kalt. Schüttelfrost durchdringt immer noch seinen Körper. Es nützt nicht viel, dass Bill ihm mehrere Uniformjacken übergelegt hat. Er müsste ein Feuer machen, um Atze zu wärmen. Wenn die Kerze flackert, muss hier ein Luftzug sein. Vielleicht haben sie ja Glück, und der Rauch verteilt sich nicht im Raum. Hastig legt er einige Kleidungsstücke übereinander und hält die Kerze an den trockenen Stoff. Langsam entzündet sich die gelb-bläulich schimmernde Flamme nach oben und hinterlässt eine schwarze Spur. Bald brennt der Stoffhaufen. Ein beißender, stinkender Geruch breitet sich aus. Die wohlige Wärme wird Atze guttun. Bill schaut seinem Freund ins blasse Gesicht. Er schläft. Mag er gut schlafen! So kann er für kurze Zeit die Verzweiflung vergessen.

10. Die Befreiung

Sie stehen wieder vor den Hängen des Jonastales. Über den Bäumen hängen dicke Wolken. Ihnen fällt auf, dass mehr Militär da ist als sonst. Ein größeres Gebiet wird von einigen bewaffneten Bundeswehrsoldaten regelrecht abgeschirmt.

„Das ist es!"

Bernd Schmidt zeigt mit der Hand auf eine Felswand. Zwischen dem vielen Geröll ist ein zugemauerter Stolleneingang zu erkennen. Von außen ist nichts Außergewöhnliches festzustellen. Warum herrscht hier nur eine so große Hektik?

„Fahren Sie weiter, hier gibt's nichts zu sehen!", werden sie von einem Soldaten aufgefordert, als sie näher heranfahren und auf dem kleinen Waldparkplatz zu Füßen des Jonastales einparken wollen.

„Hier dürfen Sie nicht stehenbleiben, fahren Sie weiter!"

Widerwillig setzen die drei Männer ihre Fahrt fort und suchen auf einem nahe gelegenen Waldweg einen geeigneten Platz, um das Auto abzustellen. Bernd Schmidt erweist sich wirklich als ortskundig. Sie gehen zurück und beobachten das Geschehen aus einiger Entfernung. Es hat wieder einmal leichter Regen eingesetzt und macht den Erdboden rutschig. Sie müssen vorsichtig sein.

Bobs Handy klingelt. Darüber erstaunt, zieht er es aus seiner Hosentasche und blickt kurz auf das Display.

„Yes, Darling?"

Er runzelt die Stirn und hört gespannt zu.

„Ja, Darling, reg dich nicht auf, wir kommen sofort."
Hastig klappt er sein Handy zusammen.

„Wir müssen zurück, denn meine Rosalind hat einen merkwürdigen Brief bekommen."

Ralf versteht die Aufregung nicht. Was gibt es Wichtigeres als das hier?

„Was ist das für ein Brief?"

„Er sei wichtig, sagt Rosalind. Mehr hat sie nicht gesagt. Er sei nur sehr merkwürdig. Man hat ihn unter der Tür ihres Apartments durchgeschoben."

Vielleicht hängt der Brief mit Bills und Atzes Verschwinden zusammen! Sie müssen sich beeilen. Sie bedanken sich bei ihrem Begleiter für die Hilfe und verabschieden sich. Bernd Schmidt kann ihnen jetzt auch nicht mehr weiterhelfen. Ohne ihn wären sie ganz sicher noch nicht so weit mit ihrer Suche gekommen.

Äußerst ungern fahren sie zurück zum Kurhaus. Vor dem Eingang steht Rosalind und kann ihre Aufregung kaum verbergen. Sie hält einen Umschlag in der Hand.
„Darling, der Brief wurde vorhin unter unserer Apartmenttür durchgeschoben. Es steht überhaupt nichts auf dem Umschlag. Ich habe Angst, große Angst."
Sie reicht ihrem Mann mit zitternder Hand den Umschlag. Er ist noch verschlossen. Rosalind hat sich nicht getraut, ihn zu öffnen.
Hastig reißt Bob den Brief auf und zieht ein Blatt Papier heraus, mit kleinen Ausschnitten aus einer Zeitung beklebt. Ralf hat einen solchen anonymen Brief bisher nur in den Fernsehkrimis gesehen. Er versucht den Text mitzulesen: „Ich weiß, weshalb sie hier sind. Sie können mir nicht entkommen. Übergabe der Listen heute Nacht um 12 Uhr am Parkplatz Grüntal. Sie kommen aber alleine!"
Ratlos hält Bob den Brief in seiner Hand.
„Die haben unseren Sohn entführt. Was mache ich jetzt nur?"
Er schaut Ralf hilflos an.
„Was soll das mit den Listen? Ich hab keine Listen. Ich weiß überhaupt nicht, was die von mir wollen."

Ralf versucht Bob zu beruhigen, weiß aber selber nicht, was zu tun ist. Niemals hätte er gedacht, so etwas hier im sonst so ruhigen und friedlichen Thüringen miterleben zu müssen. Das ist eine handfeste Erpressung oder so was Ähnliches.
„Wir haben doch die Visitenkarte von dem Beamten der Polizei, diesem Hauptkommissar Lange. Vielleicht kann der uns helfen."
Bob ist sich nicht sicher und zögert, gibt aber dann klein bei. Er hat keine bessere Idee.

Bald darauf stehen sie im Büro der Hausleitung. Neben dem Kurhausdirektor Hansen stehen zwei weitere Personen: Gerd Lange, den sie bereits kennen, und ein junger Beamter, der ihnen nicht weiter vorgestellt wird.

Bob überreicht ihnen das Schreiben, das sofort mit großem Interesse gelesen wird.

„Dort steht nichts von einer Entführung. Können Sie sich denken, welche Listen gemeint sein könnten?"

Gerd Lange reicht das Schreiben an seinen Kollegen weiter.

In diesem Moment fällt Ralf das Gespräch mit Kurt ein, dem Busfahrer: Gerolf Wendler sollte doch Listen an einen amerikanischen Soldaten weitergeleitet haben. Sollten die etwa glauben, dass Bob hier sei, um sie zu enttarnen? Das wäre ja absurd, aber durchaus denkbar. Es ist ja auch ein merkwürdiger Zufall, dass dieser Gerolf Wendler gerade in diesen Tagen, in denen auch Bob mit seiner Familie hier ist, verstarb. Konnte es nicht so aussehen, als wäre Bob zur Beerdigung seines Freundes angereist? Ralf erzählt den Beamten von diesem Gespräch und seinen Befürchtungen.

Für Gert Lange ist das neu. Er macht sich Notizen.

„Dieser Briefumschlag ist nicht selbstklebend. Bestimmt hat der Schreiber ihn mit dem Mund angefeuchtet, dann hätten wir Anhaltspunkte. Ich nehme an, dass Sie keine Vermutung haben, wer diesen Brief geschrieben haben könnte?"

Bob bestätigt dies.

„Fingerabdrucke wird es von dem Täter kaum geben, vermute ich mal. Er hat Handschuhe getragen, wenn er nicht zu naiv ist. Außerdem haben so viele Leute das Schreiben in der Hand gehabt, dass man da kaum durchblicken kann."

Die Männer verabschieden sich. Rosalind steht in der Tür und kann ihre Tränen kaum noch zurückhalten. Ihr ist das alles zu viel.

„Was wollen wir nun tun? Wir können nicht einfach hier herumsitzen und darauf warten, dass etwas passiert. Es stimmt: In dem Brief, den die Beamten mitgenommen haben, steht nichts von einer Entführung.

Vielleicht hat ja das eine mit dem anderen wirklich nichts zu tun. Es gibt doch manchmal ganz merkwürdige Zufälle. Ralf wird das Gefühl nicht los, dass das hektische Treiben im Jonastal etwas mit dem Verschwinden der Jungs zu tun hat.

Sofort sind Bob und Ralf bereit, wieder zurück ins Tal zu gehen. Rosalind wird auf Bill und Atze im Kurhaus warten. Sie versprechen, sie anzurufen, wenn sie etwas wissen.

Inzwischen ist auch in der Kaserne einiges los. Mit ziemlicher Verspätung ist das angekündigte Auto mit den rumänischen Botschaftsangestellten aus Berlin in Arnstadt eingetroffen. Seit der Vereinbarung zwischen dem Freistaat Bayern und Rumänien, bei der Bekämpfung der Kriminalität stärker zusammenzuarbeiten, versucht man, dieses in der Praxis unter Beweis zu stellen, auch wenn Hessen und Thüringen nicht in Bayern liegen. Man weiß, dass man die Ländergrenzen nicht so einhalten kann. Die Kriminellen jedenfalls halten sich schließlich auch nicht daran. Seit Langem suchen die Beamten Mitglieder einer Tresorknackerbande, die in ganz Deutschland serienweise sehr professionell Safes stiehlt. Man ist hellhörig, wenn Rumänen gefasst werden.

Was die Informationen aus dem Jonastal betrifft, könnte es sich hierbei allerdings auch um die drei Häftlinge handeln, die vor einer Woche aus der Justizvollzugsanstalt Untermaßfeld bei Meiningen ausgebrochen sind – eine Panne, die niemals hätte passieren dürfen. In allen Zeitungen wurde darüber berichtet und die Justiz übermäßig lächerlich gemacht. Die Männer waren wegen Diebstahls zu Haftstrafen zwischen sechs Monaten und drei Jahren verurteilt worden. Wie sie die Vergitterung eines Haftfensters durchtrennen und fliehen konnten, ist den Vollzugsbeamten bis heute ein Rätsel. Sollte es sich bei den geschnappten Rumänen um diese drei Häftlinge handeln?

Die Botschaftsmitarbeiter haben einen neutralen Dolmetscher mitgebracht, der das Verhör übersetzen soll. Es ist wichtig, dass alles korrekt abläuft. Immerhin könnte es sich um Mitglieder der Organisation

„Garde" handeln, hinter der viele ehemalige Mitglieder der Securitate stecken – ein politisch gefährliches Terrain.

Der Objektoffizier ist aufgeregt, als der schwarze Dienstwagen aus Berlin vorfährt. Auch aus Erfurt waren kurz zuvor zwei Kriminalbeamte höheren Ranges eingetroffen. Wie lange ist es her, dass sie die Rumänen gefasst haben? Plötzlich waren sie nach dieser ominösen Explosion im Militärgelände aufgetaucht und versuchten wegzulaufen. Die Patrouille konnte sie schließlich stellen. Sie hatten sich in den Büschen versteckt. Seitdem schweigen sie. Der einzige Satz der Rumänen lautet: „Ich nichts verstehen!" Jeder ist in einer Einzelzelle untergebracht worden. Ein Informationsaustausch untereinander soll so vermieden werden. Ein Wachposten sorgt dafür, dass sie sich nicht untereinander unterhalten.
„Meine Herren, willkommen in unserem Objekt! Ich bin Oberst Schigulla", übersetzt der Dolmetscher. Man versucht, sehr höflich miteinander umzugehen. Sie reichen sich die Hände.
„Wenn Sie damit einverstanden sind, gehen wir gleich in den Vernehmungsraum. Wir sollten keine Zeit verlieren, nicht wahr?"

Nachdem der zuerst befragte Rumäne sich unwissend gestellt hatte, wurde derjenige befragt, der sich als Boss der drei aufgespielt hatte. Nachdem dieser einige Beamtenbeleidigungen von sich gegeben und Schigulla ihn entsprechend hart herangenommen hat, beginnt der Rumäne mit seiner Version der Geschichte. Ein kurzes Räuspern ist zu hören.
„Wir haben mit den Jungs nichts zu tun. Wir waren zufällig dort und haben uns nur einen Platz zum Schlafen gesucht, und plötzlich standen die beiden vor uns. Wir sind wieder gegangen und haben sie alleine gelassen. Was dann passiert ist, wissen wir nicht. Es gab einen lauten Knall, und alles Geröll fiel von der Decke herunter. Wir konnten uns gerade noch durch einen Seiteneingang aus dem Stollen retten. Und schon waren die Soldaten da. Wir haben damit nichts zu tun."
Es dauert eine Weile, bis der Übersetzer fertig ist. Schigulla muss an seine Gäste am Vormittag denken. Sollten sie recht gehabt haben? Das

würde bedeuten, dass die beiden jungen Männer eventuell tatsächlich in größter Gefahr schweben, wenn sie überhaupt überlebt haben. Er hätte sofort reagieren müssen, hätte dem Verdacht sofort nachgehen müssen. Das kann ihn seinen Posten kosten. Eilig verlässt er den Raum. Draußen stehen zwei Wachposten. Er gibt ihnen Befehl, den betreffenden Tunnel zu überprüfen.

Es beginnt eine unbeschreibliche Hektik im Objekt. Jeder spürt, dass sie wenig Zeit haben. Drinnen geht das Verhör weiter. Der Dolmetscher hat die Gesprächsführung übernommen und erfährt mehr Einzelheiten über die Begegnung der Rumänen mit den Jugendlichen im Stollen.

Oberst Schigulla fährt mit dem Jeep zum Stolleneingang. Ein Soldat erstattet sofort Rapport. Es ist nichts Auffälliges zu sehen, keine besonderen Vorkommnisse: Der Eingang ist zugemauert. Friedlich sieht es dort aus, von einer Detonation ist nichts zu erkennen. Für ihn ist damit die Sache erledigt. Vermutlich wollte sich der Rumäne nur wichtig machen. Zufrieden und erleichtert geht er zurück zum Jeep. Er wird alles im Objekt aufklären.

Bill hat in der Zeit das vorletzte Kleidungsstück auf das ausgehende Feuer gelegt. Die Flamme bäumt sich kurz auf. Der Qualm brennt in den Augen. Was, wenn er nichts mehr zum Nachlegen hat? Er schaut besorgt auf Atze, der seit längerer Zeit bewegungslos neben ihm liegt. Sein Puls ist schwach, viel zu schwach. Wie lange wird er durchhalten? Der Gedanke, seinen Freund hier sterben zu sehen, ist für Bill unvorstellbar und zugleich unerträglich. Als Nächstes wird Bill die Uniformjacke, mit der er Atze zugedeckt hat, auf das Feuer legen müssen. Bill weint still vor sich hin. Er fühlt sich einsam und entsetzlich hilflos und verlassen.
„Lieber Gott, hilf uns doch, lass uns hier nicht qualvoll sterben!"

Inzwischen sind Ralf und Bob wieder im Jonastal angekommen. Sie haben den Wagen abseits abgestellt und sich auf einen Felsvorsprung gesetzt. Von hier aus können sie das Treiben im Tal gut beobachten, unschlüssig darüber, was sie tun können. Warum werden die Bundeswehrsoldaten wieder abgezogen? Nur zwei von ihnen bleiben als Patrouille stehen.

„Was soll das jetzt? Die können doch nicht abhauen! Wenn die Jungs da drin sind, dann muss man ihnen helfen!"

Bob schweigt betroffen.

„Was können wir denn ausrichten? Das Tal ist Militärgelände und darf nicht ohne Sondergenehmigung betreten werden. Dafür sorgen die Soldaten und die unübersehbaren Warnschilder."

Ralf hat es mehr zu sich gesagt.

„Es könnten Nebeneingänge geben, aber wo?", gibt Bob zu bedenken.

„Die meisten Frischluftlöcher, in denen die Turbinen eingebaut worden waren, sind inzwischen demontiert, verrostet oder aus der Halterung gefallen. Wie schnell kann man durch ein solches Loch in die Tiefe stürzen! Deshalb ist es so gefährlich, hier im Jonastal herumzulaufen."

Ralf hat die Worte noch gut in Erinnerung, die vorhin Bernd Schmidt gesagt hatte.

Sie hatten sich betroffen angesehen, und besonders Bob verstand die Kritik gut. Schmidt hatte ja recht. Wie schnell könnte man beim Pilze- oder Heidelbeersammeln durch ein Loch fallen, und niemand würde es bemerken! Dass dort teilweise sogar ein Zaun herumgebaut ist, hat seinen Sinn.

„Siehst du das da?" Bob zeigt mit seiner Hand in eine Richtung, der Ralf mit seinem Blick folgt. Er sieht es bei genauem Hinsehen auch: Eine dünne Rauchsäule steigt in einiger Entfernung aus dem Strauchwerk herauf und verbreitet sich wie Nebel.

„Was ist denn das?" Hier kann doch niemand ein Feuer machen in diesem geschützten Bereich! Das glaub´ ich jetzt nicht."

Beide springen sofort auf und beeilen sich, dorthin zu kommen. Die jungen Soldaten stehen erschrocken da und fühlen sich auf einmal bedroht. Sie halten ihre Waffen auf die heranstürmenden Männer gerichtet.

„Halt, hier dürfen Sie nicht weiter, militärisches Sperrgebiet. Bleiben Sie stehen!", schreit ihnen ein Soldat entgegen. Sie laufen trotzdem weiter, an den verblüfften Soldaten vorbei. Die sind sprachlos und laufen ihnen hinterher. Einer von ihnen hält beim Laufen ein Telefon an sein Ohr. Er fordert Verstärkung an.

„Stehenbleiben, sonst müssen wir schießen!", ruft der andere ihnen hinterher.

Ralf und Bob hören ihn nicht mehr, sehen nur noch den dünnen Qualm, der wie ein Signal in den Himmel steigt. Sie sehen den Krater, aus dem der Qualm herauskommt, und versuchen, näher heranzukommen.

Die Soldaten stehen inzwischen auch ratlos da, ohne etwas zu unternehmen. Erst als der Jeep mit dem Oberst herankommt, stehen sie stramm. Ohne eine Meldung abzuwarten, stürmt Schigulla an den Krater. Sofort fordert er ein Räumungskommando an, das eine Strickleiter mitbringen soll. Auch er scheint nun doch den Ernst der Lage begriffen zu haben.

Wenig später fahren einige Lastwagen der Bundeswehr vor. Ralf und Bob stehen abseits und schauen zu, wie die Männer die Leiter sichern und in den Krater verschwinden. Minuten dehnen sich zur gefühlten Ewigkeit. Was werden sie jetzt erleben? Bob steht zitternd da, und Ralf ist nicht zu stolz, ihn in den Arm zu nehmen, um ihn zu beruhigen. Es tut Bob sichtlich gut. Sein ganzer Körper zittert.

Zuerst wird Atze auf einer Trage aus dem Krater hochgezogen, danach auch Bill. Atze sieht schlimm aus, alles ist blutverschmiert. Er ist bewusstlos und wird sofort von einem Sanitätsarzt versorgt.

Bill stolpert auf seinen Vater zu. Bevor er ihn erreichen kann, sackt er zu Boden. Nein, er hat nicht mehr daran geglaubt, dass sie lebend aus dieser Hölle herauskämen. Diesen Tag wird er sich merken: Er wird ihn als seinen zweiten Geburtstag feiern, wenn auch Atze durchhält.

Müde und abgekämpft betreten Ralf und Bob das Kurhaus. Wo ist eigentlich Rosalind? Ein Arzt soll bei ihr sein und ihr ein Beruhigungsmittel geben. Sie hat den ganzen Stress nicht gut verkraftet.

Es dauert lange, bis wieder Normalität im sonst so verschlafenen Jonastal einkehrt. Die Wolken der Unruhe haben sich bald verzogen. Natürlich hat die Presse lang und breit davon berichtet. Sogar das Fernsehen machte eine Nachricht daraus, ohne zu erwähnen, dass es sich um dieses militärische Sperrgebiet handelte. Da ging es nur um zwei Jugendliche, die in ihrem abenteuerlichen Übermut in eine tiefe Höhle gefallen und von dort von Bundeswehrsoldaten in einer dramatischen Aktion herausgeholt werden mussten.

Atze und Bill sind immer noch im Krankenhaus in Arnstadt. Sie haben ein gemeinsames Krankenszimmer bekommen. Bei Atze wird es noch eine Weile dauern: Sein Bein ist an zwei Stellen kompliziert gebrochen. Er hat sehr viel Blut verloren, und auch zwei Rippen und die Leber haben einen Schaden davongetragen. Sein Gesamtzustand ist aber erstaunlich normal. Bill ist nur noch zur Beobachtung dort. Er ist nur allgemein geschwächt.

„Na, wie haben wir das gemacht?"

Atze ist schon wieder obenauf.

„Du, es war knapp, es war sogar elend knapp."

Bill ist ans Bett seines Freundes getreten und hat sich auf die Bettkannte gesetzt.

„Ich glaube, wir haben mehr als einen Schutzengel gehabt."

Atze schweigt. Er denkt an seine Mutter. Sie wird sich große Sorgen machen, wenn sie von seinem Unfall erfährt. Ganz sicher wird sich einiges ändern, wenn er wieder zurück in Berlin ist. Er muss es akzeptieren, dass sein Vater gegangen ist. Nun ist er an seine Stelle gerückt und will sich gern mehr um die Mutter kümmern.

„Schwester, gibt's hier auch ein Telefon?"

Bill lächelt seinen Freund an.

„Nö, man gibt hier Rauchsignale, weißt du das nicht?"

Die Schwester ist erschrocken über Bills Einwurf. „Natürlich, ich bring es dir dann."

Sie sind beide plötzlich sehr still geworden. Nur gut, dass das so geklappt hat! Was wäre sonst wohl aus ihnen geworden? Bill ist wortlos aufgestanden und kümmert sich um das Telefon. Kaum ist er draußen, geht erneut die Tür auf. Der Professor schaut ins Krankenzimmer.

„Na, was macht denn unser Sprössling? Ich will doch mal sehen, wie es dir geht. Du fehlst uns richtig. Seltsam, nicht wahr?" Atze freut sich über diesen besonderen Besuch.

Bob und Ralf nutzen jede freie Stunde, um miteinander im Wald spazieren zu gehen. Für Ralf ist es erstaunlich, wie informiert Bob ist. Er hat nach dem Kriegsende sehr viel recherchiert und sich erstaunlich viel Wissen angeeignet. Es macht Spaß, mit ihm zu reden.

„Wir sollten uns wieder auf den Weg nach Hause machen, denn Rosalind wird auf uns warten. Sie ist eine sehr tapfere Frau. Du kannst stolz auf sie sein."

Bob schmunzelt.

„Ich weiß, sie ist ein Schatz. Aber deine ist es doch sicher auch."

Es fällt Ralf ein, dass er sie in den letzten Tagen sehr vernachlässigt hat. Er wird nachher zu Hause anrufen und ihr sagen, wie sehr er sie vermisst. Wie gerne würde er sie jetzt in die Arme nehmen, sie und die beiden Jungs! Seltsam, dass einen manchmal solche merkwürdigen Gefühle überkommen.

Wie ruhig das Kurhaus nach außen wirkt, wie ein verzaubertes Dornröschenschloss!

„Meine Herren, so geht es beim besten Willen nicht. Wir haben hier einen Behandlungsplan, an den Sie sich halten sollten. Sie können doch nicht stundenlang verschwinden! Wie soll ich da meine Kosten abrechnen?"

Direktor Hansen empfängt sie im Foyer. Er hat ja recht: Die letzten Ereignisse haben sie den ganzen Tag über beschäftigt, und sie konnten so die anstehenden Behandlungstermine nicht einhalten. Sie entschuldigen sich in aller Form für ihr Fehlverhalten und geloben Besserung. Hansen ist anscheinend zufrieden.

Es ist Abend. Sie sitzen auf Ralfs Balkon. Rosalind und Bob haben eine gute Flasche Wein mitgebracht Das Tal liegt friedlich im Dunkeln, als wäre dies der ruhigste und ungefährlichste Ort der Welt. Nur die Tannenspitzen heben sich vom hellgrauen Himmel ab. Bob hat seiner Rosalind eine Wolldecke schützend über die Schultern gelegt.

„Es ist alles vorbei, Darling!"

Er streicht ihr liebevoll übers Haar. Ralf denkt wieder an seine Familie. Er wird wohl seine Kur abbrechen und früher abreisen. Zu sehr hat ihn die ganze Geschichte mitgenommen. An Abschalten ist nicht mehr zu denken.

Wieder fliegen einige Nachtvögel an ihnen vorbei. Ralf hat eine Kerze auf den Tisch gestellt. Bob gießt ihnen Wein ein.

„Wir möchten uns bei dir herzlich bedanken, mein Freund."

Bob ist aufgestanden und nimmt Ralf in den Arm.

„Du hast uns sehr geholfen. Ich weiß nicht, wie wir das alles ohne dich geschafft hätten!"

Ihnen allen stehen vor Rührung Tränen in den Augen. Ralf spürt Verlegenheit in sich aufkommen, glücklich, dass alles so geendet ist.

Sie erschrecken, als das Telefon klingelt. Sofort erinnert sich Ralf, dass er seine Frau anrufen wollte. Er hatte es glattweg vergessen. Bestimmt hat sie stundenlang auf eine Nachricht von ihm gewartet.

„Müller, Kripo Weimar. Sind Sie Herr Wendler?"

Ralf schaltet den Außenlautsprecher des Telefons ein, damit Bob und Rosalind gleich mithören können.

„Ich habe eine gute Nachricht für Sie: Wir haben in den Vernehmungsprotokollen Ihres Namensvetters nochmals gründlich nachgelesen und die Akten studiert. Als damals der Brand seines Hauses untersucht wurde, fand man auch vom mutmaßlichen Täter einen Handschuh neben dem leeren Benzinkanister. Der lag eine Zeit unbeachtet bei uns in der Asservatenkammer, weil man keine Fingerabdrücke finden konnte. Wir haben den Handschuh jetzt nochmals untersucht und die DNA-Spuren mit denen auf dem Briefumschlag verglichen. Es handelt sich zweifelsfrei um ein und dieselbe Person. Wir wissen inzwischen auch, um wen es sich dabei handelt. Da wird sich einer, den wir als Unterstützer der rechtsradikalen Szene hier in Thüringen kennen, erklären müssen. Wir können nachweisen, dass er den Brand gelegt hat und auch auf der verschwundenen, von Ihnen erwähnten Liste von Denunzianten gestanden haben muss. Seine Angst, entdeckt zu werden, trieb ihn schließlich zu dem Einbruch im Kurhaus und dem Schreiben des anonymen Briefes. Schade, dass wir diese Liste nicht mehr haben!"

Es folgen noch weitere Belanglosigkeiten, bevor Ralf auflegt.

„Muss es nicht schlimm sein, so lange mit der Angst im Nacken zu leben, entlarvt zu werden?" Ralf schaut nachdenklich seine Freunde an. Bob hat Rosalind in den Arm genommen und drückt sie fest an sich. Es ist ein schönes Bild für Ralf.

„Sobald Bill aus dem Krankenhaus entlassen ist, fahren wir zurück nach Huntsville. Wir möchten gern, dass du mit deiner Familie uns so bald wie möglich besuchen kommst, versprichst du uns das? Wir werden auch Atze und seine Mutter zu uns einladen. Es wird uns eine große Freude sein, euch alle bei uns zu begrüßen."

Der Gedanke gefällt Ralf gut. Er wird diesen Reisetermin bestimmt nicht lange hinauszögern.

***

Über den Autor:

Schon seit vielen Jahren schreibt Dieter Rutkowski Kurzgeschichten und Erzählungen und veröffentlicht sie in verschiedenen Verlagen. Geboren in Ostpreußen, aufgewachsen in Mecklenburg/Vorpommern, hat er nach dem Erlernen eines handwerklichen Berufes ein Studium angeschlossen und war in Sachsen, Thüringen, Ostfriesland und Bremen berufstätig. Heute lebt er im Ruhestand in Norddeutschland.